*Pour ma mère et tous ceux qui, comme elle,
mettent des livres entre les mains des Kévin.*

Pour ma mère et tous ceux qui, comme elle,
mettent des livres entre les mains des Kévin.

1
UN TROU DANS LE GANT

Si je perds un doigt cet hiver, ce sera la faute de mon père. Un matin il est parti avec la BMW, on ne sait pas où ni pour quoi faire ni quand il reviendra. On venait tout juste de laver la voiture, mon frère et mes sœurs avec le seau et le jet d'eau, ma mère avec l'aspirateur, mon père avec la peau de chamois, et moi, j'avais battu la peau de léopard de la plage arrière avec une raquette comme pour tuer les mouches. Le lendemain, le père s'était volatilisé. C'était il y a déjà deux semaines.

Depuis qu'il est parti, ma mère choisit les feuilletons l'après-midi, elle regarde des débilités avec des blonds et des blondes qui passent tous les épisodes à se demander s'ils se pavanent avec la blonde ou le blond qu'il faut sur des plages couvertes de maillots de bain fluo. Je préfère encore réviser mes leçons de grammaire. Le seul avantage, quand mon père était là, c'est que parfois je pouvais regarder la télé avec lui. Au moins, les types de ses séries à lui ont autre chose à fabriquer que de comparer des blondes, comme débarrasser les États-Unis des crapules. Pourtant ce genre d'expérience télévisuelle peut aussi s'avérer pénible. Un jour, je me suis esclaffé : « Quelle nouille, ce Rick Hunter ! ». Je ne parlais pas en général mais seulement d'une bourde qu'il venait de faire, et mon père m'a ravivé les couleurs. Ma mère, elle, ne me gifle pas – de toute façon je ne regarde pas ses séries, alors je ne les commente jamais. Le problème avec ma mère, c'est plutôt qu'elle n'a pas de temps à me consacrer. Parfois j'essaie de discuter un peu avec elle comme mon copain Damien avec la sienne, mais elle râle : «Tes histoires me soûlent, Kévin. Si tu crois que j'ai besoin de t'avoir dans les pattes avec tout le boulot que je me farcis déjà dans ce maudit taudis… »

Sinon, elle pleure. Ma mère pleure beaucoup. Au moindre stimulus elle couine, se tamponne les yeux et le Rimmel avec du Sopalin, et quand elle ressemble à un panda, elle téléphone. Elle appelle sa mère, sa sœur, une voisine, elle se plaint de mon père, de mon frère, de ma grande sœur, de ma petite sœur, des tags dans l'ascenseur, elle va même jusqu'à se plaindre de moi alors que je suis plutôt du genre discret. Depuis que mon père s'est fait la malle, comme toutes les autres fois, ma mère ne supporte plus que l'on sature son périmètre : dès son réveil, tout le monde dehors. Seule ma petite sœur, qui a tout juste trois ans, est autorisée à user le Skaï du canapé dans le monde diurne.

L'ennui, c'est surtout ces vacances scolaires qui tombent en pleine absence paternelle. Un concours de circonstances qui me vaut de passer mes journées dehors, en plein mois de février, sans argent de poche. J'ai un trou dans mon gant et personne avec qui jouer puisque Damien est parti chez sa grand-mère. J'en viendrais à regretter le collège, c'est tout juste si je n'ai pas hâte de franchir le portail et de me coller au radiateur sous le tableau des verbes irréguliers ou la carte de France avec ses reliefs vert foncé. Si mon père ne rentre pas très vite, je vais finir avocat ou médecin, avec des lunettes rondes.

Lui, il rêverait que je sois l'une des stars du collège. Je crois bien que si c'était le cas il encadrerait mes avertissements et mes blâmes et les accrocherait au mur entre ses posters de chiens-loups et ceux du Racing Club ; il me taperait dans le dos en m'appelant fiston et il rirait si fort qu'il en cracherait d'un coup trois cartouches de ses cigarettes sans filtre.

Ma classe compte trois des types les plus populaires du collège. Deux d'entre eux sont Guillaume et Brandon ; ils ne se sont jamais quittés, de la maternité à la troisième. Ils ont redoublé le CP ensemble, pris leur première cuite ensemble au CM2, et passé leur première garde à vue ensemble, cet été, quand ils ont fracturé une voiture pour voler un paquet de cigarettes vide sur le tableau de bord. La troisième gloire de la classe est Loïc Huc. Il est moins extraverti que les deux autres mais tout le monde lui voue une crainte mêlée de fascination. S'il frappe sa mère, rien ne peut l'arrêter. Inégalable. Je dois mon incisive fêlée à son vigoureux coup franc.

Mon père déplore que mon seul vrai pote soit le bègue de la classe, autant dire la tête de Turc ; l'imiter est devenu un sport presque aussi prisé que les jeux de ballon, dans le coin. Mais Damien compense par l'humour. Il appelle les gros durs *Macaca fascicularis* (le nom savant des macaques) et, avec sa diction, c'est à se rouler par terre. Il ne le fait pas en face d'eux, mais je partage sa philosophie : la dentition est censée survivre aux années collège. Pour ajouter à sa honte, Damien a toujours de bonnes notes, il participe aux cours et il lève le doigt avant de prendre la parole. Il cumule tant de tares qu'il a une dizaine de sobriquets, dont aucun n'est prononçable en présence des adultes.

Moi, mon seul surnom, c'est Kévin le Poussin, parce que je m'appelle Kévin Pouchin et que les Pimpette ne s'encombrent pas de subtilité, mais aussi parce que j'ai un tempérament assez doux. Tellement doux que je serais un souffre-douleur tout désigné pour les gloires de la classe si Damien n'était pas mon voisin de table. Pour moi, sa proximité est assez pratique, c'est comme si je me promenais avec un paratonnerre. Mais ce n'est pas la raison pour laquelle je traîne toujours avec lui. D'abord je l'aime bien, et puis on rigole des mêmes choses. Guillaume et Brandon Pimpette passent la moitié des cours de SVT à bêler comme des phoques et l'autre moitié dans la salle de permanence, à copier cinquante fois : *Poil, n.m. Formation épidermique constituée de kératine, en forme de tige filiforme fixée dans le derme.* Damien et moi, on rit plutôt que les superstars du bahut soient deux nigauds que le mot poil amuse encore. Une subtilité qui échappe largement à mon géniteur. J'ose à peine imaginer le sort qu'il me réserverait s'il pouvait lire dans mon cerveau, à cet instant précis, et y découvrir combien j'aspire à la rentrée, à la chaleur des salles de classe tout compte fait si confortables.

L'été, je m'accommoderais mieux de telles vacances en plein air, je trouverais bien quelqu'un pour me prêter un vélo, mais en plein hiver, bon courage. J'ai d'abord essayé de me réfugier dans la galerie marchande du supermarché, toujours pleine de lumière et de chauffage, où des familles assurent le spectacle en charriant de gros Caddie débordants de rêve sous blister. Seulement, les types qui traînent là ne sont pas des rigolos. Ils s'agglutinent sur tous les bancs comme des oursins, n'en laissent pas un seul à disposition des petites mamies avec leurs sacs à roulettes, et sur ces bancs que font-ils ? Ils embrassent des filles sur la bouche devant tout le monde ; ils boivent de la bière, parfois carrément à la bouteille, juste en face de l'onglerie ; et surtout, ils ricanent. Ils ont un don effrayant pour trouver des mochetés à strictement tous les gens qui traversent leur champ visuel, et ils n'hésitent pas à le crier très fort. Ils vous examinent comme peu d'esthéticiennes, avec un sens du détail qu'ils affûtent au moindre temps libre ; la finesse de leur observation est la science de toute une vie. « Eh ! T'as les bras plus longs que toi ! » me hurlait récemment l'un d'entre eux, après le froid mordant de la neige m'a semblé une caresse. Je vois mal comment je pourrais me faire une place au soleil du centre commercial, au milieu de ces gros durs qui ont presque l'âge de se raser.

À la bibliothèque municipale, la faune est plus fréquentable et moins fournie. Vous pouvez d'ailleurs y croiser cette petite fayotte de Laurie, la première de la classe, dont on rêverait de tirer les tresses comme une chasse d'eau pour que son sourire hypocrite soit définitivement englouti. Tous les jours elle étudie à une table comme si son Polytechnique allait se décider dans l'heure. On peut imaginer un tableau plus digeste après les nouilles au beurre de maman, mais au moins quand elle se racle la gorge, vous n'avez pas les cheveux qui se dressent sur la tête. Alors j'y passe mes après-midi, moi aussi. La bibliothèque, c'est le seul endroit chauffé où il ne faut rien payer, en tout cas dans mon quartier. Il n'y a rien à manger ni à boire, mais aucune dame pipi ne fait obstacle au soulagement de mes autres besoins naturels. Il n'y a pas de petit contentement en ce monde et j'ai presque envie de dire merci, le soir, avant de quitter les lieux.

2
L'INTRUS

La bibliothèque a une porte d'entrée et une porte de sortie. La première fois que je suis entré, j'ai cru qu'on allait me saisir par la capuche, me faire décrire le tour du guichet et me tenir la porte de sortie pendant que je replongerais dans les bourrasques glacées. « Ne remets plus les pieds ici, aurait tonné une voix grave, ou j'appelle la police. » J'avais intérêt à bien me tenir si je voulais ne pas être démasqué tout de suite.

J'ai enlevé mon bonnet, par réflexe. L'atmosphère feutrée de la bibliothèque me rappelait l'église. Je craignais si fort d'attirer l'attention que j'ai cherché machinalement un portable à éteindre dans les poches et les doublures de mon anorak, alors que je n'ai pas de portable. À part un écran de télé tout plat de la taille d'une fenêtre, aucune technologie plus évoluée que le robinet n'a jamais pénétré chez nous. Contrairement à ce que pense ma prof de français, ce n'est certainement pas une console de jeux vidéo qui me détourne des livres. Je n'y peux rien si, à part le programme télé, aucun livre plus compliqué que les dépliants Lidl n'a jamais pénétré chez nous. Pour un dépaysement total, je ne pouvais trouver mieux qu'une salle de jeux vidéo ou une bibliothèque. Mon budget de pièces jaunes raflées dans les poches parentales m'épargnait d'avoir à choisir.

Je suis donc entré dans la bibliothèque de mon quartier, mon bonnet entre les mains et mes poches trouées sorties de l'anorak. Un homme au guichet m'a dit bonjour en souriant et, quand j'ai voulu lui répondre, ma voix a déraillé dans les aigus de fillette et je me suis senti si stupide que j'ai failli me tenir la porte de sortie à moi-même. J'étais enroué parce que je n'avais pas prononcé un mot depuis des heures – depuis que j'avais demandé à mon frère Jonathan de me passer la macédoine de légumes. Il ne m'avait pas entendu parce que ma mère était en train de hurler sur le chien. Elle était tellement énervée qu'elle nous avait tous flanqués dehors sans préavis ; je n'avais donc pas eu besoin de me resservir, pour finir. De toute façon, je n'aime pas tellement la macédoine de légumes, tous ces petits cubes filandreux, la mayonnaise mouillée, allongée au jus de navet. J'avais pris deux tartines de pain pour la route et j'étais sorti. Sur le parking du HLM, mon frère était déjà en train de taper dans un ballon en plastique avec ses copains orangs-outangs en jogging brillant. J'avais traîné tout seul assez longtemps pour avoir ce chat dans la gorge, quand j'ai vu de la lumière dans la bibliothèque.

Puis j'ai passé la douane, avec mon bonjour de castrat et mon bonnet bien plié. Une fois dans la place, j'ai suivi les panneaux indicateurs jusqu'au rayon BD, pris un manga sur une étagère et l'ai ouvert à la dernière page (je suis au courant de certaines pratiques). Dès qu'une silhouette traversait mon champ visuel, je sursautais ; j'observais les allées et venues, m'attendant à ce qu'un des clients aille prévenir le chef de la présence d'un intrus sur les chaises rembourrées. J'imaginais déjà mon menton râper le bitume et les petites frappes du collège se taper sur les cuisses en me voyant sortir de la bibliothèque en grande pompe dans le fessier. Double disgrâce : me faire passer un savon par un binoclard ! Les durs à cuire du collège appellent binoclards tous les gens qui lisent autre chose que les revues cochonnes de leur père.

J'ai fini le manga sans que personne soit venu me passer les menottes ou me demander ce que je faisais là. Comme j'avais un peu mal au coccyx malgré le capitonnage de mon siège, j'ai décidé de me dégourdir les jambes, toujours en me tenant à l'écart du guichet. C'est au cours de cette déambulation que j'ai découvert les toilettes, et que je suis tombé nez à nez avec Laurie. Je comptais l'ignorer comme je le fais toujours au collège mais, à ma grande surprise, elle m'a alpagué, elle qui ne m'avait jamais adressé un mot ni un regard. J'aurais juré qu'elle ne connaissait pas mon nom.

– Tiens, Kévin ! elle s'est exclamée à voix basse (tout un art). C'est la première fois que je te vois ici.

– Normal, j'ai chuchoté pour qu'on ne me repère pas, c'est la première fois que j'y mets les pieds.

– Vraiment ? Moi je viens dès que je peux, la bibliothèque municipale est comme ma deuxième maison.

Je me suis demandé si sa mère la mettait à la porte, elle aussi. Après tout, pourquoi la nuisance spatiale serait-elle liée aux résultats scolaires ? Si j'étais premier de la classe et que mes parents étaient au courant (soit deux hypothèses très farfelues), ça ne les empêcherait pas de m'indiquer la porte après mon petit-suisse. Au pire, mon père m'inscrirait de force à un club de foot. Résultat, je serais tout autant dehors dans le froid polaire, mais en short. Peut-être Laurie partageait-elle mon sort cruel malgré ses tresses à neu-nœuds. J'en venais à regretter de l'avoir trop vite jugée, quand j'ai aperçu deux barres chocolatées dans la poche de son manteau fourré moumoute. Je suis revenu sur terre. Que je ne m'y trompe pas : mon foyer d'accueil tient lieu de résidence secondaire à cette petite pimbêche, elle y vient par plaisir quand je m'y rends par dépit. Le chauffage n'entre pas dans ses préoccupations.

– Tu en veux une ?

J'ai cligné des yeux comme quand la sonnerie du collège me réveille.

– Tu regardes fixement mes barres chocolatées, elle a repris, tu en veux une ? Je ne les mangerai pas toutes les deux, de toute façon. Maman doit surestimer mon métabolisme lipidique…

Au lieu de me laisser émouvoir par la générosité de Laurie, j'étais piqué au vif. En une phrase, elle m'avait rappelé trois choses : je n'ai ni son vocabulaire, ni son chocolat, ni sa mère aimante et attentionnée. Je me suis empourpré, mais plutôt que de lui balancer une grossièreté qui lui permettrait de me ranger dans la catégorie des Pimpette et autres rustres du bahut, j'ai opté pour le sarcasme.

– Non merci. Chez moi, j'ai dit, on mange des légumes.

Je ne mentais pas vraiment.

J'ai cherché des livres sur les motos pour pouvoir me justifier si mon père traversait l'une des vitres, ivre mort au volant de la BMW, et que le vol plané du tank s'arrêtait juste à mes pieds, au beau milieu de la bibliothèque. À ses yeux, je deviendrais alors une espèce de Laurie. Une fillette fayotte. La moindre des choses était que, dans ce cadre infamant, je sois occupé à des activités viriles. J'ai mis du temps à trouver l'unique livre consacré aux motos dans cet endroit qui a pourtant dû coûter une forêt vierge en papier. Tandis que je le feuilletais, je me demandais ce qui, dans une moto, pouvait bien rendre tant de gars si fébriles. Moi, j'ai failli m'endormir entre deux pages. Je suis retourné aux BD.

C'était mardi après-midi.

Nous sommes aujourd'hui jeudi et je lis sur la même chaise qu'alors. Chaque jour, après le céleri rémoulade Premier Prix en barquette d'un kilo ou les crêpes au jambon surgelées Premier Prix, je sors de chez moi. Je ne laisse pas à ma mère le temps de se râper une corde vocale aux frais de mes tympans fragiles. Ensuite je fais des dizaines de détours dans le quartier pour m'assurer de ne pas être suivi – les potentiels espions les plus coriaces finiraient par me lâcher pour soigner leurs ampoules aux pieds. Enfin, je me faufile dans la bibliothèque. Personne ne m'a encore chassé ni dénoncé. Chaque fois que je pousse la porte d'entrée, un employé assis au guichet me dit bonjour avec un sourire. Chaque fois que je pousse la porte de sortie, quatre heures plus tard, je crains de trouver des types pas très catholiques en embuscade derrière des bancs, mais pour l'instant personne ne m'est tombé sur le coin de la figure : ni mon frère et ses teigneux, ni les terreurs du collège, ni mon père toujours manquant. Je lis en toute impunité.

D'abord je me suis limité aux mangas. La série que j'avais commencée comporte quarante-trois volumes, assez pour occuper le reste de mes vacances royales. Mais dès le tome trois, je me suis posé des questions ; je me suis dit : « Mon petit Kévin, tu n'es vraiment pas une lumière. Je crois bien que tu es en train de lire cette histoire pour la troisième fois. » Après vérification, ce n'était pas le cas. « Mon petit Kévin, certaines subtilités doivent t'échapper. Les mangas, c'est trop ardu pour toi. » Alors j'ai élaboré un stratagème dont je ne suis pas peu fier : quand j'arrive à quatorze heures, je vais directement chercher

Le Grand Livre des motos sur son étagère, je l'ouvre en grand et je glisse dedans un album des *Schtroumpfs*. Les formats sont assez proches. J'en ai déjà lu une bonne dizaine, tout en passant pour le mâle équilibré que les motos font rêver. Il est vraisemblable qu'un mâle passe trois après-midi de suite à regarder des motos, je le sais pour avoir souvent admiré la constance avec laquelle les mecs les plus prisés de la barre HLM démontent et remontent leurs mobylettes sur le parking.

Je suis crédible et je lis les *Schtroumpfs*. Ça me vaudrait la disgrâce éternelle si les brutes du collège l'apprenaient, mais ils ne l'apprendront pas et, d'ailleurs, les petits bonshommes bleus m'aident à oublier les brutes. Ils chantent, ils dansent, ils se goinfrent de salsepareille et ils font tout en groupe malgré leurs différences ; aucune menace sérieuse ne pèse sur eux, parce qu'ils sont serrés tous ensemble face au reste du monde.

3
L'OREILLE CASSÉE

Tous les après-midi, Laurie se débrouille pour me jouer son grand numéro de duchesse. Pourtant je l'évite autant que j'évite le guichet, ce qui m'oblige à slalomer dans les rayons pour aller d'un point à un autre, généralement de ma chaise aux toilettes. Mais elle doit me surveiller, et elle parvient toujours à se trouver sur ma route, occupée à choisir un livre de plus, et «Tiens, Kévin!». Ensuite de quoi elle se débrouille pour régurgiter quinze mots que je ne connais pas, à l'occasion d'anecdotes soporifiques sur sa maman, le dernier devoir de français ou la compétence du bibliothécaire. J'envisage parfois de ne plus quitter ma chaise, de renoncer à ma vessie pour un plus grand confort moral. Cet après-midi, la jeune plaie a carrément ramené ses nattes à la table la plus proche de moi: si je lève la tête, je la vois trôner sur une pile de pavés, et si elle lève la tête, seul *Le Grand Livre des motos* me fait office de paravent. Me narguer aura été l'épice de ses vacances d'hiver.

Mon pire cauchemar serait qu'elle me livre à nos camarades populaires, dès le matin de la rentrée. Je l'imagine, bien rangée au seuil de la salle de maths, indifférente aux corps masculins s'agitant, se percutant, chutant et bondissant tout autour d'elle. Damien et moi attendons à notre habitude la dernière minute pour nous joindre à la meute, mais M. Lestiboudois met dix ans à trouver la serrure et Laurie se tourne lentement vers moi à travers le flou artistique de bras, de pieds et de jurons en pleine mue et tout le monde se fige, silencieux, quand sa petite voix ducale me dit : « Tiens, Kévin ! Comment vas-tu depuis samedi soir ? » Premières éructations hilares dans le couloir. « Tu as quitté la bibliothèque en catimini, grand fou ? Je n'ai pas pu te dire au revoir. » Et là, je suis foutu. Chaque fois que ce mauvais film d'anticipation se déroule dans mon esprit surchauffé, je pourrais vomir d'angoisse. Cette perspective me fait considérer l'idée d'un maillot de foot avec une forme de soulagement.

Pour l'instant, Laurie m'épie sournoisement pardessus sa barricade de livres. Je me trouve dans une situation critique : soit je relis cette BD en boucle jusqu'à la fermeture, soit j'en change au risque que cette commère comprenne mon petit manège, soit je m'aventure aux autres rayons et largue les Schtroumpfs quelque part avant qu'un témoin ne précipite ma ruine. Mais ensuite ? Je lis quoi ? Les romans, moi, j'ai pour principe de les laisser à Laurie et aux champignons : faites comme chez vous, faune et flore de ces bonnes vieilles pages poudreuses, et n'oubliez pas de mettre la pancarte *Ne pas déranger* au cas où, pris d'une crise de démence, je voudrais violer votre intimité.

– Il semble que nous soyons les seuls élèves du collège à fréquenter cet établissement.

Je frémis si fort à cette agression que je manque passer par-dessus le bras de mon siège. Laurie se tient devant moi, debout, les tresses menaçantes dans le contre-jour des néons, une barre chocolatée dans chaque main. Je serre contre moi ma double épaisseur de bouquins pour qu'elle ne découvre pas mon subterfuge.

– Cela dit, elle ricane, je crois que le plus grand chef-d'œuvre de la littérature échouerait à élever les Pimpette et leurs pairs décérébrés au-delà du stade de la bestialité. Écoute, Kévin, ça me ferait vraiment plaisir si tu acceptais cette barre chocolatée. Je dis toujours que le partage décuple le plaisir. Tu n'es pas d'accord ?

Un mot de plus et je meurs d'ennui. Je suis sur le point de me laisser tomber face contre terre et de me fêler le crâne sur le carrelage avec des Schtroumpfs plein les bras quand un terrible fracas fait vibrer toutes les vitres de la bibliothèque. En guise de ressac, un long Chhhhhhhhhhhh unanime déferle dans toutes les rangées : au moindre bruit qui vient perturber leur coma, ces gringalets d'intellectuels se mettent tous à chuinter comme des bouilloires. Toute l'attention est maintenant dirigée vers le guichet, où une mamie à pattes d'eph et chignon gris menace le patron d'une canne vengeresse.

– C'est sans doute une plaisanterie ! rugit-elle.

Elle a fait diversion : Laurie regagne sa table, secoue une tête réprobatrice et se replonge dans sa lecture. Je dois une vie à Super Mamie. Qui abat maintenant un livre sur le bureau de prêt comme un atout de belote, à cette différence qu'aucune carte à jouer ne ferait vibrer les entrailles d'un ordinateur. Quant au jeune homme du guichet, d'abord interloqué, il s'empare du livre et l'examine avec une espèce de crainte.

– Une réclamation, madame ?

– Cessez donc de tourner ce livre dans vos mains comme si vous cherchiez où le pigeon s'est lâché, jeune cornichon. Lisez simplement le titre.

– *Les Grandes Séries américaines, des origines à nos jours*, obtempère le jeune homme.

Eh, je ne savais pas qu'on pouvait trouver des trucs intéressants, ici ! J'approche prudemment pour voir s'il y a moyen de récupérer la pierre de discorde. Je finirai par rêver de Schtroumpfs à moto si un miracle tel que lui ne vient pas me sauver.

– Est-ce vous qui avez commandé cette ignominie ? vocifère la vieille dame. Ne dites rien, votre regard contrit vous dénonce. Votre politique d'acquisition, si elle mérite ce nom, encourage les lecteurs à la passivité mentale, elle introduit l'ennemi dans nos rangs et sape un demi-siècle de résistance intellectuelle. Savez-vous ce que vous faites, petit renégat ? Vous saupoudrez notre pain quotidien de mort-aux-rats-de-bibliothèque.

La mamie lève la canne et l'employé recule, se prend les pieds dans les roulettes de sa chaise et tombe assis dessus, puis se laisse rouler hors de portée d'une éventuelle attaque.

– Ce n'est pas moi ! il piaille. Ce n'est pas moi qui passe les commandes. Je peux appeler mon supérieur pour que vous en discutiez avec lui, si vous le souhaitez.

– Vous avez intérêt à faire ça.

Elle repose sa canne et sort de son sac en bandoulière une pleine poignée de Chamallow pendant que l'employé compose un numéro. Elle s'en fourre trois d'un coup dans la bouche, je ne sais pas comment elle arrive encore à bouger les mâchoires. Je dois observer trop intensément le processus de mastication, car la vieille dame lance vers moi un regard défiant où s'enroulent des spirales rouges et noires. Je cherche une phrase pour justifier mon indiscrétion quand elle me tend le paquet de guimauves. Après un instant d'hésitation, j'y pioche un cube vert et je dis « Merci madame » de ma voix la plus suave. Le livre sur les séries américaines gît au milieu du bureau, entre l'employé et la plaignante qui jouent maintenant à qui baissera les yeux le premier. J'attends d'avoir avalé mon pavé de sucre puis je me jette à l'eau.

– Je peux ? vagit ma voix enrouée.

Les adversaires me regardent tous deux poser un index timide sur la couverture du bouquin.

Au troisième tour de lobe je prends pleinement conscience de ce qui m'arrive. L'oreille entre les doigts de la mamie, j'ai l'impression de pédaler dans le vide ; seul le frottement désagréable de mes fausses Nike pelées sur le carrelage, du style crissement de craie, me rappelle que je suis encore un bipède. Plus elle plie mon oreille, plus mon corps entier se plie. Aucun cours de SVT ne vous apprend ce genre de phénomène physique. Et puis rien ne m'avait préparé psychologiquement à faire tomber aux yeux de tous un album des *Schtroumpfs* dans sa robe de motos en cas de torsion auriculaire.

– Répondez-moi, jeune homme, quel âge avez-vous ?

– Quatorze ans, pleure ma voix.

L'employé reste à distance respectueuse :

– Lâchez-le, madame ! Ne m'obligez pas à appeler la police.

– Est-ce qu'au moins vous avez lu vos classiques ? elle continue à me cuisiner.

– Écoutez, madame, intervient une petite voix.

Ne s'agit-il pas de notre championne toutes catégories, de notre porteuse de tresses ménopausée avant le lycée ? Comme si nous avions besoin qu'elle s'en mêle…

– Je comprends votre désarroi, madame, dit-elle, mais votre comportement ne me semble pas le plus adéquat. Qui plus est, pensez à toutes les personnes que votre esclandre empêche de se concentrer sur leur lecture.

Voilà qu'elle donne des leçons à la mamie kungfu, l'intrépide ! Celle-ci n'en revient tellement pas qu'elle met l'inquisition sur pause. Quel dommage qu'elle oublie de lâcher mon oreille... L'intervention de Laurie a ragaillardi le freluquet du guichet :

– Lâchez cet enfant immédiatement !

Cet enfant ? Je vais mourir de honte, avec une oreille violette en prime. De toute façon, mamie harpie n'a pas l'intention de s'exécuter, elle décoche au dégonflé un regard qui dit : « Tu n'existes pas alors pourquoi ça fait du bruit ? » Elle s'apprête à affronter Laurie quand une voix calme demande :

– Vous me cherchez, madame Moreau ?

Enfin, je recouvre ma liberté de mouvement. Mon oreille clignote une alerte incendie. Je vais peut-être la perdre ; je n'aurai plus qu'à me laisser pousser les cheveux. Pour l'instant, je masse le cartilage et renifle mes larmes de douleur. Super Mamie est hypnotisée par le nouveau venu.

– Vous me reconnaissez ? Je suis Vincent Bourdon, je fréquentais cette bibliothèque quand vous la dirigiez. Aujourd'hui, c'est moi qui tiens les rênes.

Mon collègue me disait que vous aviez une réclamation ? Si vous voulez bien me suivre dans mon bureau…

Je ramasse mes livres et, quand je me redresse, Laurie fixe la couverture du Cosmoschtroumpf avec des yeux si écarquillés qu'ils semblent vouloir lui sauter des orbites.

4
LE TUTU BLANC

L'avantage d'une famille qui ne vous demande jamais comment s'est passée votre journée ni ce que vous en avez fait, c'est que vous n'avez pas besoin de mentir. Des parents comme ceux de Damien seraient mon cauchemar, sauf si j'avais aussi ses notes. Chaque fois que je vais chez lui, je le vois subir un véritable interrogatoire dès qu'il a posé son sac : Comment s'est passé le contrôle d'anglais ? Quelle note il a eue au contrôle de maths ? Est-ce que Laurie a eu plus que lui ? Est-ce qu'il a fait attention à sa cheville en EPS ? Moi, si par le passé je m'étais fait une entorse, ma mère l'aurait oubliée dès la disparition de l'attelle. Et si elle se souciait de mes notes, elle serait bien malheureuse. Par chance, mes parents ne sont pas du genre à fouiner, ni à regarder ce qu'on leur montre. Je pourrais aussi bien secouer sous leurs yeux des 2 et des 20 sur des copies à grands ou petits carreaux, pour la différence que ça ferait ; un avion aurait plus de chances qu'eux de remarquer les signaux, et risquerait d'atterrir dans le salon.

Quand je rentre de la bibliothèque le soir, je ne marche pas sur la pointe des pieds, je ne rase pas les murs, ma voix ne tremble pas. Personne ne saura d'où je viens : personne ne me posera la question. Je me demande ce qui se passerait si je ne rentrais pas du tout. Est-ce que ma mère traiterait mon frère de patate parce qu'il aurait mis une assiette de trop sur la table ? Est-ce que Jonathan, après un moment de calcul mental, se résoudrait à admettre son erreur tandis que dans son cerveau finirait de mourir une étincelle ? Ce bref éclair de lumière très pâle, qui représente sa conscience d'avoir un frère, s'éteindrait à la seconde où il rangerait l'assiette superflue dans le placard en Formica. Puis chacun mettrait tant d'énergie à déglutir son épaisse purée industrielle que le dernier doute concernant ma possible existence s'évaporerait. Mon frère penserait que s'il dort sur un lit superposé, c'est par goût de l'altitude.

Il n'y a pas à dire, ici on me laisse tranquille. Ici, chez les Pouchin, c'est le royaume de la liberté individuelle : si je n'y étais pas, ce serait exactement pareil. À moins que je ne mette le feu au HLM, ou que je ne lève la main sur les bigoudis de ma mère. Mais je suis un garçon discret, je n'ai pas l'étoffe d'un héros.

Jonathan et Océane, mon frère et ma grande sœur, ont assez de points communs pour que l'on devine un peu ce qu'ils vivent, puisqu'ils l'évoquent ensemble pendant les repas. Comme ce soir, entre deux bouchées de cette purée qui leur donne une voix gutturale :

– N'importe quoi (Océane postillonne ses flocons de pomme de terre réhydratée), je te dis que c'est pas Jessica qui a commencé. Elle dit toujours « Donovan ? Jamais ! Il louche et il sent les frites. »

– Elle s'est vue, ce boudin ? Elle a plus de boutons qu'une télécommande…

– En tout cas, Donovan louchera encore quand elle se sera débarrassée de son acné.

Tirs croisés de purée par-dessus la toile cirée à motifs de chiots. Je quitte la table avant que la sirène d'alarme ne se déclenche et que les stridences maternelles ne fendillent le Placoplâtre. De toute façon, je n'aime pas tellement la purée industrielle, sa texture visqueuse qui colle au palais, cette impression de brique en train de cuire dans les intestins : ça ne me dérange pas de battre en retraite avant la liquidation de mon tas.

Je reviendrai quand aura sonné l'heure des réconciliations : devant leurs émissions préférées, les Pouchin se moquent des mêmes choses avec une apaisante unanimité. Bien que le volume sonore de ces moments privilégiés approche celui d'une cantine scolaire, je les apprécie comme autant de répits. J'assieds ma petite sœur Éva sur mes genoux et j'écoute les commentaires des autres membres de la famille sans jamais y prendre part. Tout le monde ici se sent du côté des présentateurs qui aident d'autres familles que la nôtre à décorer leur maison, élever leurs enfants, leur faire la cuisine et leur assurer une place dans une première partie au Stade de France. Et tout le monde ici s'accorde à plaindre ces pauvres gens qui s'en tiraient si mal avant l'intervention des présentateurs. Et, au fond, tout le monde les envie d'avoir bénéficié de cette aide. Nous ne ratons jamais une occasion de projeter nos rêves sur les bienheureux élus de l'écran plat au format baie vitrée. Je reviendrai quand l'heure du cérémonial aura tonné : quand le générique de l'émission fera vibrer la moquette jusque sous mes pieds.

– Où tu vas comme ça, Kévin ? aboie ma mère.

– Ben, dans ma chambre.

– D'abord tu finis ton assiette, et après tu la débarrasses. Tu te crois chez les Rothschild ? Tu me prends pour la bonniche ?

Jonathan et Océane ont retrouvé leur complicité, ils pouffent à l'unisson. Ils devraient plutôt m'être reconnaissants d'avoir fait diversion au moment où les foudres de notre mère allaient s'abattre sur eux. Du coup, elle ne leur demande pas de ramasser leurs cochonneries. Qu'on ne me parle jamais de justice. Je reprends ma fourchette en soupirant. La purée refroidie a déjà changé de texture et il faut désormais la mâcher. Soudain, me revient en écho ironique la phrase que j'ai décochée à Laurie l'autre jour : « Chez moi, on mange des légumes. » Je ne sais pas si j'ai envie de pleurer ou d'avoir cette petite niaise sous la main pour pouvoir lui enfourner ses tresses dans le gosier et les lui retirer par les oreilles. Elle n'est pas responsable de l'injustice qui vient de me frapper, ni de l'inconfort qui m'est imposé, d'ajouter encore de la purée dans le trop-plein de mon œsophage comme dans une bétonnière près de déborder, mais je me défoulerais bien sur elle. Elle doit être en train de sourire de mon Cosmoschtroumpf en soufflant sur ses légumes vapeur et sa mère doit lui dire : « Qu'est-ce qui t'amuse, ma petite chérie ? » Cette pensée m'est aussi indigeste que la purée.

Un bonheur n'arrivant jamais seul, la corvée de vaisselle m'échoit, ce soir. Je mets les assiettes à baigner dans de l'eau brûlante pleine de mousse et m'approche d'Éva, qui peine sur un puzzle, dans l'intention de l'aider.

– Kévin, gronde la mère, tu vas me faire cette vaisselle immédiatement !

– Oui, m'man, j'attends juste que les croûtes de purée se soient détachées, ça ne prendra que quelques minutes.

– Qui m'a fichu un tire-au-flanc pareil ?

J'entends mal la suite : la puissance vocale de ma mère lance contre les murs des larsens aussi vifs que des balles en caoutchouc. Au final, je gratte plutôt que de laisser le produit faire son œuvre dans l'évier. Je ne proteste pas : on ne détourne pas le cours d'une mauvaise journée, je le sais, on la tire jusqu'au bout et parlementer ne ferait qu'ajouter à sa pénibilité. Alors je gratte. Après l'opération, le côté abrasif de l'éponge a perdu l'éclat de son rouge. Mais si ma mère est satisfaite du résultat, moi, ça ne changera pas ma vie.

La sonnerie retentit et, sans attendre que Mme Saumure finisse sa phrase, la plupart des garçons de la classe bondissent de leur chaise en s'assénant de grands coups de raquette de ping-pong sur la tête. Je me lève à mon tour et je ne sais plus où me mettre quand je m'aperçois que Damien, toujours assis à côté de moi, a les cheveux pleins de pétales de coquelicot.

– Kévin Pouchin ! crie la prof de français. Attendez un moment, j'aimerais vous parler.

Les raquettes de ping-pong restent en suspens et les garçons me regardent avec des sourires carnassiers. Si j'obéis, je deviendrai la risée de la troisième D : obéir à un professeur, et particulièrement à une femme, m'y vaudrait la disgrâce éternelle. Mais Mme Saumure et Laurie se parlent maintenant à l'oreille sans me quitter des yeux et les lèvres de la petite vendue forment en boucle les syllabes du mot Cosmoschtroumpf. Elle détient mon infamant secret, je suis piégé. Alors j'avance sous les huées jusqu'au bureau du professeur ; un pétale de coquelicot me tombe des cheveux comme une vulgaire pellicule. Je regarde les garçons quitter la salle dans un silence menaçant, puis Loïc Huc me dit :

– Toi, tu ne perds rien pour attendre.

Assis à notre table au quatrième rang, Damien applaudit calmement ; chaque battement de ses mains soulève une nuée de pétales autour de sa tête.

– Je sais tout, Kévin Pouchin, grince le professeur. Vous êtes désormais mon otage.

Laurie croque une barre chocolatée. Mme Saumure pose devant moi un énorme livre. Je le feuillette et découvre un paragraphe de cinq cents pages, sans aucune image ni aucun signe de ponctuation pour l'interrompre : cinq cents pages remplies à ras bord de mots et de mots, parfois très longs.

– Demain matin, vous me résumerez l'histoire de ce livre et m'expliquerez les intentions de l'auteur. Allez-y, prenez-le, je vous le prête.

Le livre n'entre pas dans mon sac à dos. Il grossit à vue d'œil. Il se dérobe à mes mains, trop petites pour le contenir. Je desserre ma ceinture et le glisse dans mon jean puis en cache le sommet sous mon pull.

Toute la journée je dois surveiller son expansion, la démultiplication de ses pages, empêcher celles-ci de quitter leur cachette. J'ai l'air d'avoir pris quinze kilos en quelques heures. Bientôt, je ne sens plus le poids du livre mais seulement son invraisemblable volume. Je me réfugie dans les toilettes pour mesurer l'étendue des dégâts et découvre qu'il s'est transformé en tutu. J'essaie de l'enlever mais il semble cousu à ma peau. Il ne me reste qu'à le retrousser sous mon pull, m'attirant des surnoms aussi puérils que désagréables, du genre Kévin l'éléphanteau.

Quand je pousse la porte de l'appartement, une odeur d'anisette se répand dans le couloir du HLM et je comprends ma poisse : mon père est de retour ! Il fallait vraiment que ce soit aujourd'hui… Je pourrais pleurer, si chez nous pleurer n'était pas interdit aux hommes. J'envisage de sauter par la fenêtre, après tout il doit bien y avoir des avantages à vivre au huitième étage, mais je sais que le tutu s'échapperait de mon pull et ferait office de parachute. Mon père m'attendrait sur le parking et sans doute me tuerait-il. Je n'ai aucun recours possible. Il me faut juste patienter jusqu'à demain, rester vigilant à chaque instant, tirer sur le bas de mon pull pour cacher la progression de mon embarrassant appendice. Attendre la libération, demain matin, quand je pourrai rendre à Mme Saumure son tutu de tulle blanc. Chaque fois que je palpe mon jean pour vérifier qu'aucun tissu vaporeux n'en dépasse, j'entends mon père se racler la gorge derrière moi, ou je vois son ombre recouvrir la mienne sur le mur auquel je fais face. Je claque des dents.

Plus tard, la famille est étalée devant la télé ; sur l'écran, un homme tatoué explique aux parents de

Damien comment s'y prendre pour que les pétales de coquelicot cessent de lui pousser dans les cheveux. « Offrez-lui un berger allemand », il hoche la tête avec des éclats lumineux sur les dents. L'un de ses tatouages représente une rôtissoire à kebab. Mon père rit si fort que mes tympans palpitent.

– Bonne idée, il dit. Kévin, ce soir c'est toi qui sors Côlon.

Je déteste m'occuper de ce chien, cette espèce de puanteur à la langue pendante. Je le rappelle à mon père, je lui dis :

– Mais p'pa, Jonathan adore le faire, et moi, je préfère jouer avec Éva.

À cet instant, Jonathan éclate de rire derrière moi et quand je me retourne je le vois brandir la poupée d'Éva, nue avec un piercing dans le nombril en plastique, et la petite pleure tellement que j'ai beaucoup de mal à ne pas pleurer avec elle. Au lieu de quoi je m'exécute bravement. Pendant toute la promenade, le chien essaie de glisser la truffe sous mon pull ; je devine qu'il renifle le tutu. Il lève la patte sur chaque lampadaire, chaque poteau, chaque piquet de barrière devant lesquels nous passons.

Quand vient l'heure d'aller me coucher, je n'enfile pas mon pyjama. Impossible de me changer sans me trahir, sans que l'abominable extension de mon corps se mette à froufrouter autour de moi. Je me contente d'ôter mes baskets et je me glisse tout habillé sous les draps.

– Tu n'as pas le droit !

Jonathan tend un index accusateur vers la masse informe de mon corps empaqueté par le tutu, mes vêtements et les couvertures.

– Papa ! Viens voir ! Kévin ne respecte pas les règles d'hygiène !

Je me réveille trempé de sueur. Je vérifie à tâtons que tout cela n'est qu'un mauvais rêve et pour la première fois de ma vie j'ai envie de remercier quelqu'un, un dieu ou je ne sais quoi, de m'avoir épargné la greffe d'un tutu. Comme je l'ai déjà dit, il n'y a pas de petit contentement en ce monde. Cela dit, je ne dois pas négliger l'enseignement que comportait ce cauchemar : Laurie doit être éliminée. Elle sait trop de choses. C'est elle ou moi.

5
MAUVIETTE

Je suis le premier réveillé dans l'appartement, à cause de ce maudit rêve, mais le ciel est déjà assez clair pour que je puisse avancer sans perdre un ongle d'orteil contre un coin de meuble. Je ne fais aucun bruit en me glissant dans la chambre de mes sœurs. Éva dort en bas ; ce serait trop risqué de laisser le lit du dessus à une si petite fille, même si elle en rêve comme d'une cabane dans un arbre. Je m'accroupis auprès d'elle et lui chuchote dans l'oreille. J'utilise un peu la technique de Laurie, qui consiste à s'exclamer tout bas :

– Eh ! Éva ! Tu dors ?

Ma question est hypocrite puisque j'entends très bien, à son souffle régulier, que ma petite sœur dort profondément : ma question n'a d'autre but que de la réveiller. Quitte ton monde duveteux d'oursons mauves et de princesses aux pommettes roses, petite Éva, pour écouter ton grand benêt de frère t'exposer la situation impossible dans laquelle il s'est fourré. J'ai longuement réfléchi avant de me lever et de venir à ton chevet. Ça ne m'était encore jamais arrivé, de ressentir le besoin de me confier à quelqu'un, puisque je n'avais rien eu à confier jusqu'alors. Ma vie se déroulait sous les yeux de tous : de toute la famille dans ce soixante mètres carrés que nous partageons à six et où l'on chercherait en vain, jusque dans la salle de bains, une minute d'intimité ; de tous les morveux et professeurs du collège, qui épient, commentent et réprouvent le moindre de mes faits et gestes ; d'un zoo similaire à celui de la cour de récré, à chaque coin de rue, à travers tout le quartier. Autant dire que, dans une telle vie, vous n'êtes pas tenté de vous curer le nez : il y aurait forcément quelqu'un pour s'esclaffer dans la seconde et colporter la nouvelle.

Je n'avais jamais rien eu à cacher avant de mettre les pieds dans cette bibliothèque, et maintenant je me retrouve avec un secret ; la peur m'empêche de le garder pour moi, mais qui acceptera de l'entendre ? Et surtout, qui n'en profitera pas pour me tailler une réputation ? Un conseil, petite sœur : n'aie jamais de secret. Quand on a un secret, on s'aperçoit soudain combien on est seul.

– Éva ? Je peux venir à côté de toi ?

Je sais qu'elle ne comprendrait pas grand-chose à ce que je pourrais lui raconter, mais ce n'est pas pour cette raison que je lui fais confiance. Éva, je suis sûr que quand elle saura vraiment parler, ce ne sera pas pour dégrader les autres. Je suis prêt à parier qu'elle ne sera jamais vulgaire ni malveillante, et que les gens l'aimeront quelle que soit la couleur de son vernis à ongles. Elle est différente de nous, comme si la maternité s'était mélangé les couffins le jour de sa naissance. À son âge, Jonathan prononçait trois mots à peu près correctement et ça comprenait « Dégage ». Mon père rugissait de rire chaque fois qu'il l'entendait, je pouvais sentir combien il était fier d'avoir fourgué tout son patrimoine génétique à cette petite teigne au nez vert gluant qui répétait « Dégage, dégage » avec des tics nerveux chaque fois que quelqu'un traversait son champ visuel. Éva, elle, dit déjà plein de trucs mignons. Elle n'y est encouragée que par mamie et moi ; les autres la regardent comme une bête curieuse quand elle pince sa petite bouche et dit quelque chose comme « Je suppose que le paquet rose est pour moi ». Ça, c'était devant le sapin de Noël, il n'y a pas si longtemps. Ma grand-mère maternelle se frappait les cuisses : « On se demande d'où elle sort ça », elle disait. Et comment ! Rien que le verbe supposer n'a rien d'indigène – mon père doit croire qu'il s'agit d'un médicament qui s'administre par voie rectale. Quelqu'un comme Éva, chez les Pouchin, tient du miracle, de la curiosité scientifique. Alors je me dis que lui parler pourrait me faire du bien, qu'elle ait ou non des conseils à me donner.

– Éva ? Tu m'entends ?

– Moi, je t'entends, gros malin.

J'ai à peine identifié la voix d'Océane en provenance des sphères supérieures (si l'on s'en tient à la stricte géographie des lieux) qu'un choc sur la tête m'envoie au tapis. Étendu de tout mon long sur un banc de chaussettes sales, je contemple l'arme du crime : ma charmante grande sœur m'a jeté le dernier numéro de son magazine pour jeunes filles, plein de stars peinturlurées et de ragots dégoûtants.

– Dégage ! crie-t-elle.

Une véritable tradition, à graver sur le caveau familial si on en avait un : *Ci-gisent les Pouchin. Dégage.* Et dégager, c'est ce que je fais. Je détale carrément, avant que la mère ne s'en mêle, ne me rabote l'épiderme pour avoir écourté sa grasse matinée et, pire encore, ne me demande ce que je fais au pied de ce lit. Mais je n'ai pas envie de retourner dans mes draps encore mouillés par le cauchemar, alors je vais prendre une douche.

La douche, contrairement à mon frère, j'adore ça : c'est le seul moment de la journée où j'ai vraiment chaud. Tout le temps qu'elle dure, je peux oublier la morsure du froid qui m'attend au pied de l'immeuble. Mon frère est indifférent aux chocs thermiques, jouer au ballon dans la neige lui semble naturel et je ne l'ai jamais entendu grelotter ni seulement se plaindre d'avoir tous les orteils collés par le gel. À croire que moi seul suis sujet à ce genre de phénomène physique, qui rend ma démarche aussi malaisée que celle d'un Playmobil plongé dans le vrai monde, avec son articulation unique à la taille. Mon père a raison quand il me traite de mauviette. Et si je n'étais pas un vrai homme ? Cette question me gâche l'unique instant de détente que me réservait cette journée. Je sors de la douche avec un cafard à couper à la scie sauteuse.

Je ne retournerai pas à la bibliothèque. Je n'éliminerai pas Laurie. Parce que je suis une mauviette.

Ce matin, je traîne au centre commercial.

Les types comme Loïc Huc ou les gros durs du lycée ne s'y montrent pas dès le matin : le matin, ils dorment. Leur mère ne s'aventurerait pas à leur secouer les puces. Les gros durs font la loi, ils ne se laissent rien imposer. Je profite de leur droit princier à la grasse matinée pour esquisser quelques pointes sur leur territoire avec mon beau tutu blanc. Je m'assieds d'abord sur un banc pour contempler la procession des chariots gavés de couleurs. J'essaie de rire comme le ferait un gros dur : il s'agit de trouver chez les gens le détail qui tue et de le leur décrire d'une grosse voix en fin de mue pour qu'ils se sentent ridicules. Mais je n'y arrive pas. Les gros nez rouges tout piqués par l'alcool, les bottes en plastique jusqu'à mi-cuisse, le fard à paupières avec paillettes, les chaussures trouées, les vieilles dames bossues et celles qui ont un début de barbe, moi, ça ne me fait pas rire. Dès que je remarque un détail de ce genre, j'ai le nez qui pique, peut-être à cause de ce cafard visqueux qui me suit partout.

Je quitte le banc pour me promener dans les rayons du supermarché. Quand j'étais petit, je m'asseyais au rayon des bandes dessinées pendant que mes parents raclaient les promos sur toutes les têtes de gondole ; quand ils avaient fini, ils n'avaient pas besoin de faire appeler le petit Kévin Pouchin au micro par la dame de l'accueil, leurs voix mélodieuses s'entendaient à des kilomètres et les néons se balançaient dangereusement au gré de leurs aigus. Je les retrouvais assez facilement. Puis les discounters se sont installés au pied de la barre HLM et on n'a plus jamais mis les pieds au supermarché ; fini les emballages colorés, à nous les paquets blancs Premier Prix et les pâtes aussi difficiles à attraper à la fourchette que les peluches dans les aquariums de la foire au bout des bras mécaniques chromés aux pinces trop lâches. Et fini le rayon bandes dessinées, à nous le programme télé à la caisse entre les imitations de bonbons et les simili chocolats en paquets pâles.

Dans le supermarché, mes pas reviennent mécaniquement au bon endroit. J'attrape le premier *Lucky Luke* qui se présente et je commence à le lire, debout parce que à cette heure-ci le rayon ne tient pas encore lieu de garderie gratuite, les gamins ne sont pas encore agglutinés en tailleur sur le carrelage à feuilleter les bouquins avec leurs doigts pleins de beignet. Ça me gênerait d'être le seul assis par terre. J'en suis à la page 8 quand un index me tapote sur l'épaule à m'en causer une luxation. Ce doit être mon père, à juger par le calibre et la vigueur de l'index. Mais quand je me tourne, je fais face à un vigile.

– T'es pas chez mémé, ici, mon gars.

Je fronce les sourcils pour lui montrer que je ne vois pas où il veut en venir.

– Allez, circule. Il referme la BD dans mes mains en disant : Tu remets ça à sa place, et tu dégages.

– Pourquoi, monsieur ? je demande dans un accès de vaillance.

– Parce que tu n'as rien à faire ici. Tu as de l'argent ? Montre-le-moi, si tu en as. Et si tu n'en as pas, décampe avant que j'aie à te le répéter.

Je retourne sur le banc dans la galerie marchande. À midi, je rentre. C'est frites, je le devine dès ma sortie de l'ascenseur. À table, Jonathan et Océane parlent de la nouvelle mobylette du grand frère de Donovan. La mère a une extinction de voix depuis que Côlon a pissé sur le paillasson, comme me l'apprend Éva.

Une fois encore, j'ai envie de pleurer. D'abord à cause de la petite voix flûtée d'Éva qui essaie de se frayer un chemin à travers les éructations des deux autres. Elle aussi a tant de mal à se faire une place dans la mêlée familiale. Et puis des sanglots me montent quand je pense au savon qu'a dû se prendre Côlon parce que Jonathan ne le sort pas assez ; j'imagine le pauvre chien, la vessie douloureuse, obligé de faire sur le paillasson et de se prendre un savon en retour.

Lui aussi doit se sentir si embarrassé de son propre corps, par moments, je peux le comprendre. Je ne peux pas dire que Côlon soit ma tasse de thé, mais à cet instant il me faisait tellement mal au cœur que je pourrais prendre sa grosse tête baveuse contre moi et lui chanter une berceuse. Pour finir, j'ai même envie de verser une larme pour ma mère. Après tout, si elle se met dans des états pareils, ça veut dire qu'elle ne va vraiment pas bien ; et ça ne doit pas être facile à gérer, surtout avec un mari qui disparaît comme ça pendant des semaines. Si ça se trouve, elle aussi aimerait avoir quelqu'un à qui se confier.

– Ça te fait mal, m'man ? je lui demande en mettant une main sur ma gorge.

– À ton avis ? elle siffle.

Cette fois, je n'ai envie de me répandre en pleurs que sur mon propre nombril. Je jouerais bien un peu avec Éva mais je ne peux pas prendre le risque de m'effondrer devant tout le monde, alors je sors de l'appartement avant la consigne d'évacuation éraillée qui de toute façon ne va pas tarder.

Et me voici dans le vent, une rafale glacée me fouette avec une telle violence que je m'étonne de ne pas tomber sur le trottoir en plusieurs morceaux. Une fois de plus, la deuxième en quelques heures, j'imagine qu'il existe quelqu'un ou quelque chose comme un dieu ; cette fois, il m'apparaît comme un routier facétieux qui roulerait dans les flaques de vent pour éclabousser de la tête aux pieds les ratés qui traînent sur sa route. Cette rafale de trop a tellement l'air d'une mauvaise blague que mon menton se met à trembler. Je suis une mauviette. Si je pleure maintenant, je suis une mauviette morte. C'est pourtant ce que je fais, et la bouche grande ouverte.

– Allons, qu'est-ce qui t'arrive, mon petit ?

Je ferme la bouche et me tourne vers la personne qui m'a ainsi apostrophé. Je frissonne en découvrant la super mamie qui, pas plus tard qu'hier après-midi, m'offrait un Chamallow avant de m'arracher l'oreille.

6
DAME CHAMALLOW

Le fauteuil où la vieille dame me dit de m'asseoir n'est pas couvert de poils. Pendant qu'elle s'affaire dans la cuisine, j'observe tout ce qui m'entoure. La maison ne ressemble pas à celles que je connais. Certainement pas à notre appartement, mais pas non plus à la maison de mes grands-parents, ni à celle de Damien. Comme ces dernières, elle est grande, avec plusieurs étages et une pièce pour chaque moment et chaque activité de la journée, sauf qu'ici tout, des fenêtres au canapé, a l'air plus précieux que le plastique. La télé n'est pas aussi grande que la nôtre mais le reste a l'air plus solide, plus propre et, je ne sais pas. Plus lumineux. En fait, ici rien n'a les couleurs pâles des emballages Premier Prix ni ne présente des traces de chien, ni poils ni odeurs ni empreintes de coussinets. La décoration aussi diverge de ce que je connais.

Sur ses murs, la vieille dame n'a pas accroché des posters mais des photos de gamins dans des cadres, sous une plaque de verre (sans doute pour les protéger des jets de petits pois).

– C'est affreux, n'est-ce pas ?

Elle pose sur la table basse un plateau couvert de sucreries, avec un thé pour elle et du chocolat chaud pour moi. Elle balaie la pièce du regard en grimaçant.

– Ma fille n'a aucun goût, dit-elle. Mon gendre, n'en parlons pas. Pas un seul livre sur ces étagères ! Avant de m'installer ici, j'ignorais que de nos jours les étagères étaient conçues pour porter des vases. Nous n'avons pourtant pas élevé notre fille dans cette pauvreté intellectuelle – ni à la dure, non plus. Nous étions des parents ouverts, mais nous avions à cœur d'inculquer à cette pécore quelques-uns des principes qui distinguent l'être humain du tapir. Elle avait droit à la télévision dans des limites raisonnables, mais elle a surtout lu Proust.

J'éclate de rire et, instantanément, l'impression d'avoir fait une bourde me donne le tournis ; surtout quand les yeux de la vieille dame se mettent à rouler comme deux grandes spirales, j'ai une pensée émue pour mes cartilages.

– Qu'est-ce qui t'amuse ?

– C'est que, je bredouille, je ne vous imaginais pas en train de dire des gros mots.

– Pécore n'est pas tellement un gros mot.

Elle cligne des yeux. À vrai dire, je croyais plutôt qu'il s'agissait d'un mot savant, comme tous ceux que je ne connais pas.

– Je ne devrais pas trop me plaindre de toute façon, soupire-t-elle, cet endroit n'a rien d'un paradis mais c'est toujours mieux que l'hospice. Malgré mes quatre-vingt-cinq ans, je ne suis pas du genre à rester le postérieur vissé sur un coussin. Il y a six mois, je lisais en maillot de bain sur la plage de Cagnes-sur-Mer, je mangeais des chouchous et Gontran m'étalait de la crème solaire sur les épaules. Gontran, c'était mon mari. Quand il est décédé, ma fille a insisté pour que je vienne m'installer dans la chambre de ma petite-fille, qui est partie pour ses études. J'étais tellement déboussolée que j'ai accepté, et que je l'ai laissée vendre ma maison. J'étais sous le choc, vois-tu. Et aujourd'hui, me voici en captivité.

– Au moins, ici, il fait chaud, dis-je.

La mamie tousse dans son café.

– Chez toi, il n'y a pas de chauffage ?

– Si, mais je n'ai pas le droit d'y rester. On ne

peut pas dire que je sois captif, moi, je suis le gars le plus libre du monde. Comme les oiseaux et les rats.

– Pourquoi tes parents te punissent-ils ? Tu as de mauvaises notes ?

– Je n'ai pas de très bonnes notes mais ça, ma mère s'en tamponne. Elle est juste énervée parce que mon père est encore parti.

– Il part souvent ? (Je hoche la tête en mâchant un biscuit.) Où va-t-il ainsi ?

– Ça, on ne le sait pas. Ma mère pense qu'il a une autre femme et d'autres enfants ailleurs mais on ne peut pas le vérifier. Vous ne vous sentez pas bien, madame ? Vous avez avalé de travers ?

– En as-tu parlé à tes professeurs ?

– De quoi ?

– Des absences de ton père ?

– Je ne crois pas qu'ils organiseraient des battues pour le retrouver.

Elle me regarde fixement, sans que son regard m'effraie pour autant ; elle n'a plus grand-chose du samouraï, cet après-midi.

– Mais… Mais… Toi, tu n'es pas triste quand ton père disparaît de la sorte ?

J'hésite avant de répondre. Il me semble que la mamie veut entendre que je le suis. Et dans un sens, je le suis, comme je l'ai assez prouvé tout à l'heure en chialant glotte à l'air en pleine rue. Mais il ne me manque pas vraiment. Pour commencer, quand il n'est pas là, je ne me prends pas de raclées sous prétexte que je ne suis pas le fiston de ses rêves. Mais je dois admettre que, s'il était là, Jonathan sortirait le chien, le chien ne pisserait pas sur le paillasson, ma mère ne cracherait pas ses cordes vocales sur le chien, elle ne nous flanquerait pas sur le palier sans gants ni cagoule et je n'aurais pas à choisir entre les courants d'air glacés et le risque de représailles collégiales pour cause de bibliothèque. Quant à Éva, elle serait moins perturbée si on l'était tous moins, elle n'aurait pas ce filet de voix tout craintif et ces grands yeux assortis.

– Ma petite sœur Éva, dis-je, c'est la seule personne de ma famille qui me manquerait vraiment. Si elle disparaissait, je disparaîtrais aussi, j'irais je ne sais où. Sous les tropiques, tiens. Je volerais une paire de bonnes chaussures et hop, en route.

J'ai prononcé ces mots malgré moi. Je ne connais pas Super Mamie depuis vingt-quatre heures et je lui raconte déjà ma vie. Comme si, en parlant de ma petite sœur, je compensais la déception de ne pas avoir pu lui parler ce matin. Après avoir voulu me confier à la plus petite fille du monde, je m'épanche finalement auprès de la plus vieille dame. Je rougis.

– Pardon, madame. Je me sens comme tous ces gens qui étalent leur vie à la télé.

– Je ne suis pas une caméra, mon garçon. Reprends un biscuit. Et parle-moi un peu de ta petite sœur, si tu veux bien.

Je n'ai pas tellement l'habitude que l'on me dise « si tu veux bien ». Chez moi, il n'y a qu'une façon de s'exprimer, dans toutes les circonstances de la vie. On réserve le même traitement aux parents, aux enfants, au chien, aux caissières, aux voisins, aux professeurs, aux autres élèves, aux ASVP, aux sociétés de crédit, aux pompiers avec leurs calendriers et aux témoins de Jéhovah. Et cette façon de s'exprimer fait plutôt dans l'économie, droit au but, sans chichis ni tralala, sans si tu veux bien ni autre napperon. Je ne me fais pas prier plus que nécessaire :

– Éva n'a que trois ans, et elle a tout le temps des grands yeux comme si on l'avait oubliée sur une aire d'autoroute. Mais il suffit que je joue avec elle pour qu'elle se transforme complètement. Elle sort des phrases vraiment bizarres pour son âge, et quand j'éclate de rire, elle rit aussi avec toutes ses petites dents carrées. Pour qu'elle soit toujours heureuse, il faudrait que je joue avec elle du matin au soir. D'ailleurs ça me fait du bien de m'occuper d'elle, c'est comme des espèces de vacances. Dans ces moments-là, nos parents, mon frère et ma grande sœur sont si contents d'être débarrassés de nous qu'ils nous oublient et nous fichent la paix au lieu de nous jeter des petits pois ou des grossièretés.

La vieille dame me regarde vraiment très bizarrement. Elle est maintenant toute voûtée, la tête de côté comme si elle était en train de se détacher du cou et s'apprêtait à rouler sur le beau tapis à poils longs. Mais elle cligne encore des yeux. A priori, tout va bien. Elle se redresse soudain si brutalement que je sursaute.

– Reprends un biscuit, me dit-elle.

– C'est encore mieux que la bibliothèque, ici, je dis en me servant dans la petite assiette.

– Je pense exactement l'inverse…

– Vous ne pouvez plus y aller, vous non plus ?

– Bien sûr que si ! Je compte d'ailleurs t'y accompagner dès que nous aurons fini cette petite collation.

– Moi, dis-je en secouant l'index, je n'y vais plus. C'est trop dangereux.

J'ai hésité à parler la bouche pleine, mais j'avais hâte qu'on se mette bien d'accord sur ce point alors tant pis pour les miettes sur le tapis.

– Hmm. Je te fais la promesse solennelle de ne plus jamais toucher à tes oreilles ni à aucune autre partie de ta personne. Certes, je suis d'une nature plutôt sanguine, mais je tiens toujours mes promesses. Dorénavant je m'y prendrai autrement pour œuvrer à ton élévation spirituelle.

– Ce n'est pas de vous que j'ai peur, sinon je ne serais pas venu ici.

– De quoi as-tu peur ?

Après tout, j'avais tellement besoin de me confier. Autant épargner ma petite sœur. Qui sait ? Précoce comme elle l'est, elle risquerait de comprendre dans quel pétrin je me trouve. Elle s'imaginerait déjà privée du seul membre de la famille qui ne la forcera jamais à jouer avec une poupée si elle préfère les cubes, et alors je devrais affronter toute la détresse de ses grands yeux. Ça me fendrait le cœur. Tandis que la mamie, mes problèmes ne changent rien à sa vie et son jugement ne change rien à la mienne. Si elle hurle de rire quand je prononce le mot Schtroumpf, je sors d'ici en courant et je ferai en sorte de ne plus jamais croiser sa route. Alors je vais lui dire de quoi j'ai peur. Je vais me libérer de mon secret ; quoi qu'il arrive, ce sera déjà ça.

7
PACTE ET PATAQUÈS

Super Mamie et moi restons immobiles devant la porte, les bourrasques de février dans mes cheveux et dans le pompon de son bonnet – j'ai refusé qu'elle me le prête : outre le pompon, il est blanc, et comme je suis déjà bleu de froid, merci bien, j'ai mon compte de salsepareille. Je proposerais bien qu'on rebrousse chemin, qu'on se trouve un club tricot où échouer jusqu'au printemps, ma seule copine et moi ; je proposerais bien qu'on pousse cette porte, s'il le faut. N'importe quoi, avant que les Pimpette, mon frère ou mon père ne nous prennent en flagrant délit, et si possible avant que mes pieds ne se gangrènent. Mais je n'ose rien dire, je sens frémir à ma gauche l'extrême concentration du samouraï, et je me méfie encore un peu de sa nature sanguine. Et puis comment manifester de l'impatience à quelqu'un qui vient de vous offrir un demi-paquet de biscuits au chocolat ?

– Si le gringalet du prêt appelle ma fille, cette fois il tâtera de ma canne. J'entends encore cette renégate s'excuser pour moi, pour moi qui étais tout sauf désolée. «Tu empêches monsieur de faire son travail. Qui es-tu pour juger sa politique d'acquisition ? » Bla bla bla... Je suis restée très digne. J'ai avalé mon Chamallow, et avec le plus grand calme je lui ai dit : « Ne t'inquiète pas pour monsieur. Il regardera *La croisière s'amuse* et il oubliera.» Crois-moi, Kévin, j'ai fait regretter à cette matricide d'avoir ouvert la bouche pour usurper ma parole.

J'ai froid. Au loin, une bande de jeunes semble se diriger vers nous. Impossible de les identifier à cette distance mais je ne veux prendre aucun risque.

– Allons-y ! dis-je.

La seconde d'après, Super Mamie et moi sommes dans la bibliothèque, le gars du guichet se propulse en arrière sur son fauteuil à roulettes, ses pieds battent de petits pas rapides jusqu'à ce que le dossier touche une étagère. Super Mamie le toise longuement sans un mot, l'œil plissé, puis, comme il reste pétrifié, elle hoche la tête en signe d'avertissement et on se met en route. Bien joué, Clint Eastwood. Je la suis docilement jusqu'au rayon romans, selon le plan que nous avons établi. Elle se jette directement sur un livre, qu'elle me tend.

– Celui-ci devrait te plaire. Tu me fais penser au narrateur, par moments.

– *L'attrape-cœurs* ? Pitié, je ne veux pas être vu avec un supplément de *Nous Deux* !

– Ne te fie pas au titre français, ce roman n'a rien de gnangnan.

– Si, le titre. Vous ne pouvez pas m'en choisir un autre ? Il y en a des milliers, on devrait trouver facilement un titre qui ne comporte pas le mot cœur, ou amour, bisous et toute la dentelle…

– Ne fais pas ta petite brute de base. Tu vaux mieux que ça, j'en ai l'intuition.

– Vous me connaissez à peine, je plaide.

– Va t'asseoir sur cette chaise (elle la désigne du bout de la canne), elle doit être dans l'angle requis.

– Mais pas avec ça !

Je secoue le livre. Un violent coup de canne sur le sol fait sursauter toute la clientèle. Le type du guichet s'est levé d'un bond et on ne voit plus à des kilomètres que ses yeux arrondis comme des signaux d'alerte rouge. Je file vers la chaise, *Tendres Baisers* à la main. Une fois assis, je m'aperçois que Super Mamie est aussi une forte en géométrie dans l'espace : elle a trouvé une brèche pour que Laurie ne puisse voir que moi à travers tout l'univers. La peste se tortille une tresse et m'observe avec un petit sourire qui ne présage rien de bon, mais déjà ma complice entre en jeu. Elle doit être en train de se faire violence pour « admettre l'incorrection de son comportement d'hier après-midi » et reconnaître à la pimbêche « le courage de lui avoir signalé ses torts » et tutti quanti. Moi, j'ouvre *Passion d'amour* et le positionne bien en face de ma tête pour pouvoir assister à la scène sans être vu.

Maintenant, mon alliée doit être en train de demander à l'ennemie ce qu'elle lit de beau, comme le veut notre plan. Laurie referme son livre pour lui montrer la couverture, et ma coéquipière se lance dans un commentaire. J'ai déjà tourné huit pages avec une précision métronomique, et elle commente encore. Ça dure plus longtemps que prévu. J'espère que je ne me suis pas dégoté une acolyte malade d'Alzheimer et qu'elle se rappellera le but initial de la manœuvre avant que j'aie fini de tourner toutes les pages de *Coup de foudre sur un yacht*. Enfin, elle tend la canne vers moi et Laurie me lance un regard étonné. La phase C se déroule comme prévu. Je croise les jambes et pose le livre dessus avec le plus grand naturel, pour me donner une contenance. J'imagine ce qu'est en train de dire Super Mamie : « Je suis enchantée de constater que l'on trouve ici des jeunes gens cultivés. Vous voyez ce jeune homme là-bas ? Il s'appelle Kévin, j'ai eu le bonheur de faire sa connaissance récemment. Il a des goûts littéraires très fins pour son âge. Et une grandeur d'âme telle qu'avec humilité il vient chercher ici des ouvrages susceptibles d'éveiller la curiosité de ses frustes frère et sœurs. Ainsi, il emprunte pour son frère un livre sur les motos dans l'espoir de l'amener ensuite à des lectures plus nobles, telles que le *Traité du zen et de l'entretien des motocyclettes*, de Robert Pirsig ; pour sa petite sœur, un album des *Schtroumpfs* dont il a pris la peine de sélectionner le volume le plus à même de la préparer à l'exhaustive galerie de personnages que développe Balzac dans la *Comédie humaine*. Bien que je ne souscrive pas totalement à sa démarche, je dois lui accorder le mérite d'essayer et je vois en lui un résistant de ma trempe, de sorte que je le respecte malgré les divergences de nos méthodes. »

C'est qu'elle a de l'imagination, dame Chamallow. Je ne comprends pas tout le discours qu'elle a préparé, mais si elle pense que Laurie, elle, n'en loupera pas une miette, je lui fais confiance. Je fais toujours confiance aux gens qui disent des choses trop calées pour moi. Je lève les yeux pour estimer l'impact du speech sur le pigeon, croise le regard effaré de Laurie et replace très vite mon paravent en position devant mon visage. J'épie. Laurie plisse les yeux, étire le cou vers moi à la manière d'une tortue et je me demande si elle peut lire le titre de mon paravent de si loin, s'il y a le moindre danger que dans dix jours elle dénonce au collège mon petit faible pour *L'Amant des tropiques*. Il faudrait vraiment qu'elle ait des yeux bioniques.

C'est ce que je suis en train de me dire quand Laurie étouffe dans sa main un éclat de rire. Je vais mourir ce jour. Elle se précipite vers les toilettes, des rires plein la main comme du vomi de vipère. Moi, mes jambes flagellent trop pour que j'aille exprimer ma colère à la traîtresse dont je ne crains plus la canne. C'est elle qui s'avance vers moi, et elle aussi semble furieuse : j'aurai tout vu.

– Je vous l'avais dit, je crie à voix basse. C'est la honte absolue, ce titre bidon.

– La honte absolue, cornichon, c'est de tenir un livre à l'envers. Surtout quand on le brandit comme une banderole.

Oh, m#$&e.

– Très bien, dit-elle, je vais te tirer de ce mauvais pas supplémentaire, mais je vais le faire à ma manière. Tu assumeras les conséquences. Cette fois il y aura un prix à mon intervention, aucun mercenaire ne travaille sans salaire : je te sauve la mise à la condition que tu lises ce livre, de la première à la dernière page.

– Aujourd'hui ?

– Prends le temps qu'il te faudra. Mais tu le finis, tu m'as bien entendue ?

– Oui, m'dame.

Je la regarde se diriger vers les toilettes d'une canne déterminée. J'ai beau faire confiance aux gens plus instruits que moi, mon ventre est noué comme un sac de lassos à la grenadine. Qu'est-ce qu'elle va encore inventer ?

J'ai lu les deux premières pages du roman quand Laurie reparaît, sans ma bienfaitrice à son côté. Elle se dirige vers moi d'un pas chaloupé, sans se presser, avec encore ce petit sourire qui me donne envie de lui enfoncer une chaussette sur la tête, jusqu'au cou. Elle s'arrête à moins de trente centimètres de mes baskets.

– Je peux ?

Elle me montre la chaise à côté de la mienne. Je hausse les épaules, en faisant mine que tout va bien pour moi, même pas mal, même pas peur, je gère la situation avec le flegme d'un agent secret britannique. Elle s'assied, se tourne vers moi et se penche sur l'accoudoir de son siège.

– Je me demandais, souffle-t-elle d'une voix mielleuse, enfin je pensais que peut-être on pourrait se promener au parc après la fermeture de la bibliothèque.

– Il fait froid, je dis. Et puis, qu'est-ce qu'on irait faire au parc ?

– Kévin, s'il te plaît, ne joue pas au rustre avec moi, je sais qui tu es, et je suis au courant de ton petit manège.

Les lassos à la grenadine se resserrent dans mon ventre, ils seront bientôt compactés au point de ressembler à une fraise. J'essaie de maîtriser les tremblements de ma voix :

– De quoi tu parles ?

– Je sais que tu m'aimes bien et que tu as choisi cette chaise pour pouvoir me contempler. Et j'ai vu avec quelle concentration tu l'as fait : au point de ne pas t'apercevoir que tu tenais ton livre à l'envers… C'est tellement mignon.

– Hein ?

– Ne t'inquiète pas, Kévin.

Des taches roses parfaitement circulaires apparaissent sur ses pommettes.

– Je t'aime bien aussi, dit-elle.

Elle ne me regarde plus, elle triture un bouton de son gilet et maintenant ses oreilles rosissent aussi. Tout mais pas ça, Super Mamie. Non, vous n'avez pas pu me faire un coup pareil. Je cherche des yeux l'entremetteuse et vois sa tête basculer dans mon champ visuel de derrière une étagère : juste le temps de me décocher un clin d'œil.

8
RE PATAQUÈS ET PATATRAS

Que je résume ma situation :

Je viens de faire trois fois le tour du parc avec la première de la classe, un livre au titre rose bonbon sous le bras.

Je dois faire semblant d'avoir le béguin pour la première de la classe, sinon la rumeur que je ne sais pas lire ne tardera pas à se répandre. Dans notre collège, il est mal vu d'aimer les bouquins, mais ne pas savoir lire est tout aussi infamant. Un subtil dosage.

Je dois faire pénétrer chez les Pouchin, incognito, le livre que Super Mamie a emprunté pour moi. Si quelqu'un le trouve, et par-dessus le marché lit son titre rose bonbon, qui sait si je ne connaîtrai pas la DDASS avant la majorité ?

Je dois lire le livre. Si je n'honore pas ma part du contrat, Super Mamie me dénonce à Laurie et je retourne à la case départ, sur le trône d'âne du collège.

Soudain, alors que nous poursuivons notre orbite autour du parc, le froid mordant à travers les trous de mon anorak et la toile de mes baskets me paraît un détail. Jamais je n'ai connu un tel détachement des contingences matérielles. S'il m'était venu plus tôt, je n'aurais jamais pénétré dans ce lieu de perdition chauffé et je n'aurais pas dérivé vers cette promenade romantique au pas de course.

Cela dit, pour la première fois depuis la rentrée en sixième, Laurie a enlevé ses lunettes. Dans ces conditions, je dois avouer que ce n'est pas un trop grand déshonneur de se promener avec elle. Enfin, si l'on veut bien oublier les tresses, et le statut de Laurie – première de la classe, synonyme de binoclarde (avec ou sans les lunettes), synonyme d'intouchable. Notre premier contact se fait pourtant, pile devant la porte où elle a suggéré que je la raccompagne en gentleman. Elle se hisse légèrement sur la pointe des pieds et dépose un petit baiser silencieux sur ma joue.

– Tu es un gentleman, Kévin. Je te remercie de me laisser un peu de temps.

– Un peu de temps ?

– Avant de m'embrasser sur la bouche, précise-t-elle.

Elle court jusqu'à la porte, qui n'est qu'à trois

mètres au bout d'un carré de pelouse tout sec, sans fleurs ni aucun nain de jardin. Je me dis que c'est bien une fille : se mettre à courir pour trois mètres ! Comme faire un plongeon dans le petit bain. Tandis que je pense à ça, reflue lentement vers moi le parfum de Laurie ; l'effluve a parcouru un chemin sinueux jusqu'à mon nez. Maintenant que je peux sentir Laurie, je ne peux plus la voir, elle a déjà refermé la porte. Il y a quelque chose de sucré dans ce parfum, je le tourne dans mes narines et finis par identifier une pointe de réglisse. Je ne peux pas dire que je trouve ça désagréable. Je vérifie que ses parents n'ont pas assisté à ce baiser par une fenêtre de la maison. Des parents qui laissent leur gamine de quatorze ans sortir avec des tresses doivent être du genre à la marier après le premier baiser ; très peu pour moi.

Je me rends compte que Laurie n'habite pas très loin de chez Super Mamie. La première vit chez ses parents, la seconde chez ses enfants, toutes les deux dans ces maisons qui sentent bon le neuf, sans chien, avec des vitres propres et des pelouses tondues. Je suis un peu en colère contre la vieille dame alors je fais un petit détour pour ne pas passer devant chez elle. J'ai réussi à ne pas lui dire au revoir à la sortie de la bibliothèque, où elle était en grande discussion avec le directeur, cette fois sans sa fille ni l'armée de terre. Ça m'arrangeait bien, je n'aurais pas eu le courage de lui plisser un sourire. Je ne suis pas un ingrat, je sais que la mamie voulait m'aider et qu'elle ne m'a pas mis volontairement dans une situation encore pire que la première. Mais pour l'instant, je dois franchir la porte parentale avec ce livre et ce baiser sur ma joue, et j'ai du mal à prendre d'autres éléments en compte.

Arrivé au bout du parking, je regarde les fenêtres illuminées de notre appartement au milieu des centaines d'autres fenêtres illuminées sur la barre HLM, puis je regarde le livre dans ma main. Les fenêtres, le livre ; les fenêtres, le livre. Je me rappelle mon rêve de l'autre nuit, et c'est comme si mon intelligence nocturne venait au secours de mon manque d'imagination diurne. D'autant que, dans le réel, le livre a peu de chances de se mettre à enfler, ou de se transformer en tutu cousu à même ma peau. Je dénude mon nombril pour glisser le livre dans la ceinture de mon jean, quand une meilleure idée encore me vient à l'esprit, spontanément : qui penserait à fouiller la doublure de mon anorak ? Je suis assez fier de moi.

– Où t'étais passé toute la journée ?

La mère a recouvré l'usage de la parole, mais quelque chose me dit que les retrouvailles ne sauraient durer très longtemps. Plus elle parle fort et moins je l'entends tant ses aigus me font frétiller les tympans.

– (...) cherché partout (...) appelé par la fenêtre (...) quand on a besoin de toi (...) dans cette taule pourrie (...) garder ta sœur (...) super important de l'agence pour l'emploi (...) comble, tu vas pas me dire !

Je n'avais jamais envisagé mon sort dans cette perspective : et si l'ordre de débarrasser le plancher avant d'avoir avalé la dernière gorgée de mayonnaise au thon n'impliquait pas que je sois libre de m'éloigner ? Et si j'étais censé rester à portée de voix, à la disposition de la mère ? Je n'ai jamais demandé la permission de quitter le périmètre, non par manque de respect envers ma famille, mais parce que je croyais que ça leur était bien égal que je marche jusqu'à la supérette ou jusqu'au Pérou. Et si j'étais en liberté surveillée comme Super Mamie ? On me fait bien sentir que je ne pèse pas lourd dans le petit monde des Pouchin, mais qui dit que j'ai le droit de disposer comme je l'entends de ma quantité négligeable ? Et si je n'avais droit ni au beurre ni à l'argent du beurre sur la tartine de pain rassis qu'est ma vie ? La mère monte encore le son :

– Tu (...) répondre, oui, espèce (...) t'en colle une !

– Hein ? Tu peux répéter un peu plus bas ?

C'est rare. Tellement rare que je ne suis pas vraiment sûr que ça se soit déjà produit. Aurais-je pu oublier une telle vigueur ? Qu'on ne dise plus que les femmes sont moins fortes que les hommes. Je ne connais aucun préjugé plus ridicule que celui-là tandis que je décris une parabole au-dessus de la moquette râpeuse. Je ne saurais déterminer lequel, de mon coccyx ou de mon crâne, percute le premier le sol et le chambranle de la porte ; par contre, je suis certain que le livre ne remonte qu'ensuite la doublure de mon anorak jusqu'à venir enfoncer mon nez. Comme par ricochet. Et je suis tout aussi sûr que le coccyx et le crâne se remettront plus vite que le nez, quoique la douleur soit à peu près égale dans ces trois parties de mon corps. La joue, elle, ne me fait pas tellement souffrir, malgré la grosse bague de ma mère. Elle, elle ne dit plus un mot, alors je ne vais pas me plaindre. Son expression horrifiée m'inquiète : peut-être que mon crâne est fendu en deux et que mon cerveau dégouline dans mes cheveux sans que je le sente.

– Je saigne ?

Ma mère est parcourue de frissons tellement énormes que ça la décoiffe.

– Bouge pas, Kévin. Je vais chercher du Sopalin.

Je crois moyennement aux vertus curatives du Sopalin, mais j'obéis, je ne bouge pas, pour ne pas accélérer l'éboulement de la matière grise dans mes cheveux. Ma mère revient avec un rouleau tout neuf, tire la première feuille, celle qui a des extrémités épaisses et rêches tout imbibées d'une espèce de colle durcie, en fait deux boules, et me les fourre dans les narines.

– C'est dingue, ça, dit ma mère. Je suis bien placée pour savoir que je n'ai pas touché le nez.

Elle ne doit pas palper l'anorak, elle ne doit pas me fouiller.

– Le choc a dû propulser mon cerveau contre la boîte crânienne, je fais diversion, et au moment du choc, de la matière grise a dû éclabousser mes narines.

– C'est pas gris, c'est rouge sang.

– Sûrement du sang de cerveau, dis-je. Rien de bien grave.

– En tout cas il n'est pas cassé, ça ne ressemble pas à ça un nez cassé.

Elle le pince pour la démonstration et alors c'est comme si dix mille flashes d'appareil photo m'explosaient dans la tête, mais multicolores. Je déteste que mon frère entre dans l'appartement juste au moment où je hurle comme un castrat.

9
L'ART DU BOBARD

Ce n'est pas quelque chose que l'on peut dire : un livre intitulé *Mon prince charmant du belvédère*, caché dans la doublure de mon anorak, m'a cassé le nez. Je ne peux pas non plus prétendre que la bague de maman est la responsable. D'abord parce que ce serait faux et puis, vraiment, la DDASS ne m'attire pas trop. D'un autre côté, je ne peux pas soulager la conscience maternelle sans ruiner ma propre vie. L'idéal serait de faire celui qui n'a pas le nez cassé mais, même si j'étais assez stoïque pour ça, l'aspect du nez me trahirait.

Sans vouloir me plaindre, j'ai l'impression de nager la brasse dans les sables mouvants, ces temps-ci. Je voulais juste avoir chaud, je ne demandais rien de plus. J'ai poussé une porte sans savoir que derrière elle s'ouvrirait sur un gouffre sans fond, un toboggan en spirale comme celui de la piscine mais à destination des flammes de l'enfer. Alors forcément, il fait bien chaud. Mais à quel prix ?

– Je le saurais, si j'avais touché le nez.

– Ne t'en fais pas, m'man, je te dis que c'est juste le rebond du crâne. Tu n'y es pour rien.

– Tu vas lui dire quoi, au médecin ?

– Comme tu veux.

– J'ai rien à cacher. Je serais au courant, si j'avais visé ce nez. Mais parfois la vérité a l'air moins vraie qu'un tout petit mensonge. Pas vraiment un mensonge, d'ailleurs, disons un raccourci. Tu peux dire que tu es tombé, la tête contre un coin de porte. C'est la stricte vérité. Si tu parles pas de la petite claque, c'est pas mentir, c'est résumer. Qu'est-ce que tu en penses ?

– Je pense que c'est mieux. Autant résumer.

– T'es un bon petit gars.

Ma mère se lèche l'index et tourne une page. Éva commence à s'impatienter, le fauteuil roulant dans lequel elle a pris place ne l'amuse plus ; je lui fais signe de venir sur mes genoux et elle accourt, encombrée par les boudins de sa doudoune qui lui donnent un aspect de toupie. Je lui enlève le vêtement, de toute façon les urgences sont aussi bien chauffées qu'une bibliothèque.

– Tu viens me pousser ? elle minaude.

Les mains sur mes genoux, elle tord son petit cou et elle plisse les yeux comme un chat qui réclame sa pâtée.

– Tu viens pousser mon fauteuil ?

– Je ne peux pas, Éva. J'ai très mal, tu sais.

– Tu n'es pas obligé de me pousser avec ton nez.

– Kévin Pouchin ? appelle une infirmière.

Quand je me lève, la pesanteur accentue la douleur.

– Eh, n'oublie pas, hein ? murmure ma mère. Résume…

Je suis l'infirmière derrière de lourdes portes battantes à hublot, puis au long d'un couloir bordé de lits à roulettes. Enfin on entre dans une salle et elle me dit de m'asseoir sur une banquette en cuir couverte d'une espèce de nappe en papier. Elle se lave les mains dix fois très vite, enfile des gants, ouvre des tas de pochettes en papier dont elle sort des machins de textures très bizarres, entre solides et liquides, des carrés de gaze, des sparadraps géants et des Coton-Tige de l'espace.

– La bonne nouvelle, dit-elle après m'avoir ausculté, c'est qu'il n'est pas cassé.

– Eh ben, je ne sais pas ce qu'il vous faut…

– Il s'en est fallu de peu. J'imagine que tu dois avoir bien mal, mais ce n'est rien de grave et ça passera assez vite.

Ensuite, je ne sais pas trop ce qu'elle fait : quand quelqu'un trifouille dans votre nez, vous avez beau loucher très fort, vous ne voyez pas grand-chose. En plus, elle n'arrête pas de parler ; c'est agaçant, comme une mouche qui vous tourne autour pendant que vous faites la vaisselle, mais je suppose qu'elle essaie surtout de me divertir alors je reste patient, je réponds à ses multiples questions.

– Ma fille aussi est en troisième D.

Elle recule pour mieux me regarder. Elle essaie peut-être de se rappeler la photo de classe.

– Comment tu dis que tu t'appelles ? Kévin Pouchin, Kévin Pou… mais oui, bien sûr ! Elle m'a beaucoup parlé de toi. Le charmant jeune homme de la bibliothèque…

Elle me pince le bras d'un air entendu. Je pousse un très léger soupir. Je m'endurcis. Bientôt le médecin arrivera et m'apprendra que sa belle-mère mange des Chamallow, ou alors son nom de famille sera Pimpette, Guillaume et Brandon passeront lui faire un petit coucou aux urgences juste au moment où la doublure de mon anorak cédera définitivement et, patatras, *Le Chevalier de mon cœur* tombera à leurs pieds. Je suis prêt. J'encaisserai tout sans gémir.

– Comment tu t'es fait ça ?

Le moment du raccourci est venu. Je croise les bras sous ma poitrine pour prévenir la chute du livre, je le tiens bien serré contre moi. Le médecin a un nom polonais à treize consonnes, je l'apprendrais bien par cœur pour lui témoigner ma gratitude de n'être pas Pimpette.

À mesure que je débite mon résumé, m'apparaît l'énormité de sa débilité.

– Par rebond ? répète le médecin.

– Ou, je ne sais pas, moi. Je ne suis pas docteur.

L'infirmière et lui échangent un regard facile à déchiffrer ; soit ils ont flairé l'arnaque, soit ils pensent être tombés sur le plus grand crétin de la terre, et dans les deux cas ils ont tout bon.

– Tu dis que rien n'a touché ton nez.

– Non, ça vient forcément du crâne. Le berger allemand m'a fait la fête, j'ai basculé.

Je quitte désormais le raccourci pour embrasser le mensonge pur et simple. Les coins du livre s'enfoncent dans ma chair. Je devrais essayer de me détendre, inspirer profondément, croiser les jambes en lotus et chanter *Ohm Shanti*. Au lieu de quoi je m'enfonce toujours plus profondément dans le pétrin.

– Tu peux tout nous dire, rien ne sortira de cette pièce. Qui t'a fait ça ?

– C'est Loïc Huc.

Mystères de l'inconscient. Incomparable vélocité de la langue. Je viens de me choisir la porte de sortie la plus radicale possible.

– On ne faisait que chahuter, comme on le fait toujours au collège. Par affection virile. C'était quasiment un accident, d'ailleurs il n'est pas vraiment cassé, ce nez, je ne sens déjà plus rien.

– Tu es sûr que ce garçon ne te brutalise pas ?

– Oh, non, c'est mon grand pote.

– Et donc, l'histoire de la tête contre un coin de porte, c'était pour couvrir ton ami ?

– Oui, la preuve, je n'ai pas de chien.

– Tu es bien sûr de ce que tu dis ? Un choc à la tête, ça peut être très dangereux, on ne s'en rend pas compte tout de suite, on pense qu'on est juste quitte pour une bosse, mais il peut y avoir un traumatisme.

– Oh non, non, ma tête va très bien.

Le médecin et l'infirmière enfoncent leur méfiance dans mes yeux, et moi, je bats des paupières innocentes. Lui se mordille l'intérieur des joues et me dit :

– Toi seul peux savoir si tu es ou non tombé sur la tête. Je n'ai pas d'autre choix que de te croire. Mais supposons que tu mentes, simple hypothèse. Écoute-moi attentivement : si demain ou après-demain, tu es pris de vomissements, il faut immédiatement revenir ici. Tu m'as bien compris ?

– Je vous jure, monsieur, je voulais juste couvrir mon copain Loïc Huc.

« Mon copain Loïc Huc »... S'il m'entendait... Je suis en train de devenir le plus grand mythomane de la ville. Et j'en suis récompensé puisque je sors des urgences avec un nez digne de ce nom, un livre ni vu ni connu et un moyen de pression imparable sur ma mère. La prochaine fois qu'elle ne me trouve pas sur le parking du HLM, le remords et la crainte de ne pas avoir deux fois la même chance freineront certainement sa main sur la route de mon visage.

Cette impunité d'un soir m'ouvre des perspectives nouvelles. Depuis quatre jours, je vis dans la peur d'absolument tout et tous. Je m'inquiète pour ma réputation, pour mon intégrité physique, je crains ma famille, tous les Pimpette du quartier, les employés de la bibliothèque, une mamie à canne et une gamine à tresses. Je tremble tout le temps, un vrai poltron parkinsonien. Alors qu'en fait je m'en tire bien. D'abord, mon but est atteint : je ne passe pas mes journées à claquer des dents à ciel ouvert. Rien de ce que je redoute tellement ne s'est encore produit, et j'arrive à échapper aux situations les plus critiques rien qu'avec d'habiles bobards. Je n'embobine pas mon monde par pure perversité, mais pour assurer ma survie en milieu hostile. J'invente quelques histoires pour me couvrir. Par nécessité.

Il arrive que je bénéficie de complicités. À bien y regarder, je n'ai jamais été aussi entouré. Et dans mon nouvel entourage, je ne dois pas toujours faire semblant d'être le gars que je ne suis pas, qui aspire à devenir populaire, à boire de la bière, à casser du supporter. Super Mamie est pour ainsi dire tombée toute cuite dans ma vie au moment pile où j'avais besoin d'un confident, et elle y a même ajouté les petits fours. Je suis verni, quand j'y pense.

Quant à Laurie, elle n'est pas si nulle. Elle est encore moins appréciée que moi, mais elle s'en contrefiche, elle ne rase pas les murs, elle vient au collège sans bouclier. Pas si mal pour une fille. Je devrais peut-être lui laisser sa chance.

10
PREMIER BIGOUDI

– J'ignorais que tu étais ami avec cette brute épaisse de Loïc Huc.

Je clignote vers les néons, la tête encore pleine de ce Manhattan où se rend Holden Caulfield, le héros de *L'attrape-cœurs*. Il me faut plusieurs secondes pour me rappeler que je suis à la bibliothèque, et pour reconnaître Laurie, debout devant moi.

– Je ne le suis pas, je réponds.

– Ma mère m'a posé la question hier soir, d'un air détaché. Je ne suis pas stupide. Pourquoi ma mère poserait-elle incidemment une telle question si tu ne lui avais pas raconté des histoires ?

– J'ai menti. J'avais mes raisons. Si tu as confiance en moi, ça devrait te suffire.

– Je trouve plutôt que l'on devrait tout se dire, construire notre relation sur des bases saines et solides.

Par ailleurs, bien que je n'aie pas reçu d'éducation religieuse, je réprouve absolument le mensonge.

– Tu n'aimes pas ça ? je traduis. Moi non plus, en fait. En plus je ne trouve pas ça très confortable. Ça me rappelle les cours de modelage qu'on a eus l'année dernière en arts plastiques. Parfois, ton modelage s'affaisse un peu, il faut rajouter de la pâte pour le consolider, ou bien il se troue dans un coin et il faut vite colmater. C'est pareil avec le mensonge. Quand toute ton histoire est sur le point de s'effondrer, la seule chose que tu peux faire, c'est lui ajouter encore des mensonges en espérant ne pas fausser tout son équilibre. À la fin, tu obtiens un gros pâté informe et tout grumeleux de mensonges. Quoi ? J'ai dit une bêtise ?

Elle reste figée, la bouche entrouverte. Je n'avais jamais remarqué qu'elle avait de si belles dents.

– Au contraire, susurre-t-elle, je suis enchantée par ton sens de la métaphore.

Métaphore. Cours de français. Réfléchis vite, mon petit Kévin. C'est sans doute cette figure qui consiste à mettre le plus de fois possible le même son dans la même phrase, comme un *o* ou un *s*. Si seulement je pouvais me rappeler exactement ce que j'ai dit…

– Est-ce que tu écris de la poésie ?

Je m'étrangle. Très fort. Comme si j'avais inhalé tout le contenu d'un sac d'aspirateur. Mes oreilles brûlent tellement je tousse. Quand enfin les spasmes cessent, Laurie attend toujours ma réponse. Je me mouche pour temporiser.

– Je m'en doutais...

Elle balance la tête, émerveillée. Cette fois, je pèche par omission. Ce n'est pas que je mente, c'est que je ne démens pas. Ce serait trop tard, trop tard pour ne pas décevoir Laurie. Elle tortille ses tresses un peu comme Éva tortille le cou pour me faire ses yeux de chat gourmand quand elle veut quelque chose. On n'a pas envie de décevoir de si mignons petits chats.

Soudain je me rappelle cette fois où Guillaume et Brandon Pimpette ont jeté un pigeon écrasé sur le pare-brise de Mme Saumure. Jonathan m'a vu quitter la scène du crime ventre à terre et m'a pris pour le gros dur qui avait offert à l'oiseau son dernier vol, alors que je courais juste vomir derrière le premier troène. En hoquetant des restes de raviolis en boîte, je voyais encore le corps aplati du pauvre animal. De retour à l'appartement, j'ai trouvé Jonathan et mon père en comité d'accueil dans le hall d'entrée, c'est tout juste s'ils ne m'ont pas couvert de confettis.

Mon père m'a donné une tape retentissante dans le dos et il a dit :

– Alors, on se dégourdit ? On montre à ces petits prétentieux d'intellos qui est le pigeon ?

Il a ri si fort que j'ai vu la texture exacte de la chair là où il lui manque des dents. Ce soir-là, je n'ai eu peur ni de décevoir ni de me prendre une dérouillée : j'ai démenti.

À la réflexion, je ne mens pas au hasard. Petit un, je ne mens pas sans enjeu. Et petit deux, je ne mens pas dans les grandes largeurs : je serais incapable de toucher un pigeon écrasé, alors que je pourrais écrire un poème, je suppose. J'essaierai, à l'occasion. Comme ça, je n'aurai pas vraiment péché par omission et je n'aurai pas à rougir face à Laurie.

– Au fait, comment va ton nez ? me demande-t-elle.

– Beaucoup mieux.

Elle examine mon pansement. Je me sens un peu ridicule.

– Génial ! dit-elle. Eh bien, je vais choisir un livre et je reviens m'asseoir à côté de toi. Ce soir nous irons nous promener au parc et, si tu veux, vers quatre heures nous pourrons faire une pause et partager mes barres chocolatées. À tout de suite.

Si mon père voyait une fille décider de mon emploi du temps… J'observe la petite silhouette toute droite de Laurie qui se perd dans les rayons, quand je remarque Super Mamie, assise à quelques mètres. Une fois de plus, elle me décoche un clin d'œil ; et moi, je lève vers elle un pouce victorieux. Puis nous reprenons chacun sa lecture, chacun sur sa chaise, chacun dans son coin de la bibliothèque. Si mon père nous voyait, il me mettrait à la porte avec des bigoudis pour tout trousseau.

11
HOLDEN MON FRÈRE

Le dimanche, la bibliothèque est fermée. Je me serais bien promené au parc avec Laurie, pour une fois qu'il ne pleut pas, qu'il ne neige pas et qu'il ne vente pas, mais elle passe la journée chez sa grand-mère. Damien n'est toujours pas rentré de chez la sienne. Qu'est-ce qu'ils ont tous, avec leurs grands-mères, à la fin ? Je décide de demander son avis à la mieux placée pour m'éclairer. Super Mamie saura me dire comment on s'y prend, dans les familles sans traces de chien, pour attirer les gosses : on leur donne de l'argent de poche ? Je lui pose la question ce samedi après-midi, un peu avant la fermeture de ma deuxième maison toute chaude.

– Mon cas est particulier, Kévin, me répond-elle, d'abord, j'ai longtemps habité à l'autre bout de la France, je voyais mes petits-enfants une fois par an et je les trouvais prodigieux ; ensuite, je me suis installée chez eux, et depuis je les vois tous les jours, avec toutes leurs qualités et toutes leurs tares. L'éducation qu'ils ont reçue ne me les rend pas indispensables ; si je ne les avais pas constamment dans les pattes, je ne consacrerais même pas mon budget Chamallow à les attirer.

– Si vous aviez des petits-enfants comme Laurie et Damien, ce serait différent ?

– Ton ami Damien lit autant que Laurie ?

– Peut-être pas autant, mais il emploie des mots latins.

– Alors oui, ce serait différent.

– Moi, vous ne voudriez jamais être ma grand-mère, je hausse les épaules.

– Quelle idée saugrenue. Un potentiel inexploité reste un potentiel. À ce propos, où en es-tu dans ta lecture de *L'attrape-cœurs* ?

– J'avance bien, et je ne me force même pas. Vous aviez raison, le livre n'est pas aussi nunuche que son titre. D'ailleurs, il y a quelques passages dont je voulais vous parler, madame, parce que…

– Appelle-moi Irène.

Je rougis. D'abord, je n'ai pas l'habitude d'appeler les vieilles dames par leur prénom – en règle générale, je ne les appelle pas du tout. Et puis je ne pensais jamais aborder avec une vieille dame le genre de sujet qui s'annonce. Holden Caulfield n'est pas un gros dur, mais pas non plus une mauviette. Il se fait virer de son école et c'est clairement un cancre, il l'avoue lui-même. Au lieu de rentrer chez ses parents, qui ne sont pourtant pas du genre à l'envoyer aux urgences, il se fait une virée à New York. Et là, il ment sur son âge, commence à s'intéresser à l'alcool et à des femmes de trente ans.

– Certains passages m'ont surpris, Irène. Des trucs qu'on ne s'attend pas à trouver dans les livres.

Elle fronce les sourcils.

– Je vais vous montrer, j'ai mis des marque-pages.

Je pose l'index devant un paragraphe et la laisse lire, parce que je suis assez mauvais à l'oral et que je n'oserais pas prononcer certains mots devant une personne âgée ; j'aurais peur de me prendre un coup de canne, même si après tout c'est elle, Irène, qui a mis ce roman dans la doublure de mon anorak.

– *Je commandai un whisky et un soda, en lui disant de ne pas mélanger – je parlai à une vitesse infernale car si vous faites hein et euh, ils croient que vous êtes au-dessous de vingt et un ans et ils refusent de vous apporter des poisons alcoolisés.*

J'aime bien ce passage, en vérité. Après l'avoir lu, j'ai imaginé que moi aussi je pourrais me faire la malle et me prendre une chambre d'hôtel tout seul. Si j'avais de l'argent. Quoique je ne pense pas qu'ici on puisse trouver des hôtels comme à New York, qui aient une boîte de nuit avec des filles et un orchestre. Par contre on est majeur avant vingt et un ans ; pour peu que l'on ait poussé très vite, dès quinze ans, on peut entuber le serveur et se siffler des whiskies au comptoir du Formule 1 en toute quiétude. Ça, pour me faire rêver, ce passage du roman m'a fait rêver. Mais je me sentais coupable, parce que ce Holden Caulfield est bien loin du petit-fils idéal, et finalement je me suis demandé comment Super Mamie – Irène – avait pu apprécier un bouquin où tout est vu par ses yeux à lui.

– Quoi d'autre ? sourit-elle.

Je tourne au violet en écrasant l'index devant un autre paragraphe.

– *Je me remis à faire de l'œil aux trois sorcières de la table à côté. En fait, à la blonde. Les deux autres étaient strictement pour les morts de faim.*

– Je vois.

Elle me tapote le genou comme pour me consoler.

– Imaginez la tête de Mme Saumure, ma prof

de français, si j'écrivais ce genre de choses dans une rédaction... Et la vôtre si je vous disais que je bois du whisky et que je drague des vieilles, enfin des filles plus vieilles que moi.

Elle sourit mais ne dit rien, elle ne me regarde plus. Je me demande si elle a une absence, si elle laisse monter en elle la détermination du samouraï et que sa main fourmille sur le pommeau de sa canne malgré son calme apparent, ou si elle réfléchit tout simplement. Au cas où elle serait en train de préparer une crise d'hystérie, j'argumente un peu :

– Au collège, ça peut aller très loin si vous avez le malheur de commenter le physique de quelqu'un. (Je n'évoque plus les sujets graves, ni l'alcool ni les femmes.) Un jour, Loïc Huc a dit : « Si toutes les filles ressemblaient à Laurie, on épouserait des otaries. » La police a dû intervenir. Loïc a refusé de présenter des excuses publiques à Laurie, M. Lestiboudois, le prof de maths, l'a envoyé dans le bureau du principal et là, Loïc a cassé une vitre avec une chaise pour revendiquer sa liberté d'expression. Je n'ose même pas imaginer combien d'années de prison je prendrais si je disais un truc du genre : « Laurie est strictement pour les morts de faim. »

– Kévin, les œuvres littéraires n'ont pas pour

vocation de dire la vérité. Elles comportent pour la plupart une forme de morale, mais rarement de manière explicite. Elles laissent au lecteur la liberté de lire entre les mots, de tirer ses conclusions des divers éléments qui lui sont présentés, et de faire lui-même la balance entre le bien et le mal. En particulier quand il s'agit d'un roman à la première personne. Le narrateur n'est pas forcément le porte-parole de l'auteur.

Je n'ose pas lui dire que je ne comprends pas tout, mais de toute façon Irène l'a deviné.

– Par exemple, Holden manifeste dans ces deux paragraphes une attitude quelque peu rugueuse, qui peut le faire passer pour un rustre. Mais quand il parle de sa petite sœur – tu as lu certaines des pages qui concernent Phoebe ? – là, tu devines toute l'étendue de sa sensibilité. Phoebe, c'est son Éva à lui, tu ne l'as pas remarqué ? Nous avons donc ce garçon qui veut jouer les adultes et dont le cœur fond pour la petite fille qu'est encore sa sœur. Prête bien attention à cette problématique en poursuivant ta lecture, et nous en reparlerons quand tu l'auras finie.

Laurie nous adresse une courbette.

– Puis-je me joindre à vous ?

L'après-midi se termine ainsi, dans l'air chaud et paisible de la bibliothèque, Irène à ma gauche et Laurie à ma droite ; il ne manque que des crêpes. Je ne parle pas beaucoup, la discussion s'attardant sur des sujets littéraires, mais quand je le fais, mes amies ne se moquent pas de moi. Je n'en suis pourtant qu'à la moitié du premier vrai livre de ma vie. Parfois, quand elles emploient des mots trop compliqués, je décroche un peu et je pense à ma vie.

Je m'aperçois que je n'ai plus peur. Je ne rampe plus sous les chewing-gums écrasés des trottoirs pour que personne ne me voie entrer dans la bibliothèque. Je peux me promener avec Laurie dans le parc sans m'inquiéter du qu'en-dira-t-on ni des jets de boules de neige tassées comme des cailloux. Je me sens protégé plus que menacé par la canne de Super Mamie. Je deviens même plutôt joyeux. Le soir, je suis content de retrouver Éva et de l'aider à faire ses puzzles. De plus en plus, les sarcasmes de Jonathan me laissent indifférent et j'en viens à penser que le jour où je serai démasqué je serai prêt à affronter sans baisser la tête les huées du monde entier. Du moins, Irène et Laurie ne participeront pas à la chorale le jour de ma mise à mort.

Mon seul souci, en ce samedi soir, c'est le dimanche qui va le suivre. La bibliothèque fermée, Laurie chez sa mémé, je me vois mal sonner chez

Irène et dire à sa fille : « Bonjour, madame, est-ce que votre mère pourrait venir jouer ? » comme je le fais chez les parents de Damien quand il ne part pas en vacances.

– Eh bien, je pense que le moment est venu de nous séparer, annonce Irène.

En effet, tous les clients se dirigent vers le guichet ou vers la porte de sortie, et nous sommes les trois dernières paires de fesses sur les chaises rembourrées. Je me pince le nez pour ne pas me mettre encore à pleurnicher.

– À bientôt, madame, Laurie tend la main à Irène.

– Elle s'appelle Irène, je lui dis. À bientôt, Irène.

Puis c'est le froid, la tombée de la nuit sur le parc, un baiser se posant sur ma joue dans un cône de vapeur blanche, et le petit trot de trois mètres qui ôte Laurie à ma vue, la précipite dans la grande maison propre et calme où l'attendent des légumes frais et des livres sur les murs du salon. Je n'ai pas très envie de rentrer, mais je n'en fais pas non plus une maladie : à travers le lambeau de tissu rouge déchiré de mon anorak, je sens *L'attrape-cœurs* toquer sur ma poitrine, et j'entends Holden Caulfield me dire : « Allons, vieux Kévin, au moins on sera entre potes. » Il a raison. Je serai toujours seul, mais moins.

12
SNOB

Je m'immobilise devant la barre HLM. Dès le parking, me parvient en sourdine une musique dont je n'arrive à identifier ni la nature ni l'origine. Pas en sourdine comme une radio en fin de piles tout près de l'oreille mais plutôt comme un relent de kermesse porté par le vent sur plusieurs kilomètres. Si l'endroit se prêtait aux fêtes de bon voisinage, je m'attendrais à trouver plusieurs centaines de personnes avec des gobelets en plastique sur tous les paliers, mais le genre de la maison est plutôt de jeter les frigos morts par la fenêtre sans regarder si la vieille Mme Lalouette promène Kiki (son yorkshire) juste en dessous. Dans l'ascenseur, je n'entends plus que l'ascenseur, son tintamarre semblable à celui que ferait une boîte de conserve vide dévalant une gouttière. Mais sur le palier du huitième étage, je comprends. Mon père est de retour.

Je serre *L'attrape-cœurs* plus fort contre moi, pour me donner du courage et surtout pour l'empêcher de tomber – avec ma poisse, ce serait bien le jour pour que la doublure lâche. J'avais fini par admettre face à Irène Chamallow que mon père ne me manquait pas, mais ce soir je dois faire face à une nouvelle révélation embarrassante : je ressens plus d'anxiété que de soulagement à le savoir de retour. Maintenant, je ne serai plus obligé de sortir après les repas, mais j'ai pris goût à la bibliothèque et à mon nouvel entourage. Il ne s'agit plus seulement d'avoir chaud.

Je pénètre à contrecœur dans l'appartement. Le père doit être de bonne humeur, s'il écoute de la musique, surtout à ce volume. Pour ma part, même si j'aimais *Les portes du pénitencier,* je ne pense pas que je prendrais plaisir à l'écouter aussi fort. Ça m'oppresserait, je crois bien. Et puis j'ai les tympans un peu fragiles. Dès que quelqu'un crie trop fort, en musique ou pas, ils frétillent et je perçois les sons entrecoupés comme dans une mauvaise communication téléphonique. Aujourd'hui, ça va encore parce que j'ai eu mon compte de calme à la bibliothèque, mais quand je rentre du collège, parfois mes nerfs frisottent.

Je ferme la porte d'entrée avec la plus grande délicatesse – c'est un peu ridicule, c'est comme chuchoter dans un réacteur d'avion – mais je préfère entretenir mes réflexes de prudence. Je cours sur la pointe des pieds jusqu'à la chambre que je partage avec Jonathan, ôte le livre de ma doublure dans le noir, le glisse sous mon matelas, et reviens dans le hall d'entrée. Cette fois, je claque la porte, puis je me présente dans le salon.

– Te v'là, toi ? grogne le père.

Et toi donc ? je pense, mais je ne dis rien. J'approche de la table basse, qu'entourent mes parents, mon frère, mes sœurs, mais aussi Jean-Loup, un copain de mon père, sa femme Estelle, leur petit dernier, Justin, et leur fille Marine, qui est dans la même classe qu'Océane – elles ont une relation houleuse mais, dans les bons moments, elles vont jusqu'à échanger leurs rouges à lèvres à la graisse de baleine.

– Où t'étais passé ? s'y met ma mère.

– Ici et là...

Je ramasse une poignée de cacahuètes pour garder un air désinvolte. J'ai du mal à les faire toutes entrer dans ma bouche.

– Marine t'a vu à la bibliothèque, ricane Océane.

Purée d'arachide dans la coupe de mes mains ; une fraction de seconde plus tard, c'était pour le tapis.

– On sait que tu dragues Laurie !

Jonathan se renverse sur le divan et ses grosses baskets manquent de renverser la moitié des verres sur la table basse, mais personne ne tressaille. Mon père, lui, devient cramoisi, il éructe un bouillon de rire, de râles et de toux mêlés :

– Il va dans une bibliothèque pour flirter ? T'es motivé, mon cochon !

– Laurie, c'est la binoclarde de la troisième D, Océane informe l'assistance.

– Et elle était avec sa grand-mère, ajoute Marine pour partager avec ma sœur un peu de gloire délatrice.

Seule ma mère ne se tape pas sur les cuisses. Un instant, j'espère trouver en elle une forme de soutien ; même tacite, je serais preneur. Après tout, elle aime la romance, surtout celle des séries télé bon marché, mais elle se laissera peut-être attendrir.

– T'es pas un peu snob, des fois ? me demande-t-elle gravement.

Les rires se tassent et les regards se braquent sur moi, le grand naïf de l'année avec son beurre de cacahuètes maison plein les mains. Chacun se demande comment je vais bien pouvoir me laver de cette accusation. Mais ma mère n'en a pas fini avec moi.

– Déjà que tu parles maniéré, dit-elle, avec tes grands mots et tes phrases tarabiscotées. Tu crois quoi ?

Que tu vas devenir ingénieur ? Alors écoute-moi bien avant de nous regarder de haut : les gens comme nous, ça devient pas ingénieur. Les gens comme nous, ça trime pour des patrons et en prime ça paie pour les fainéants. Connais ta place, Kévin.

– Vaut mieux t'y faire, p'tit, acquiesce Jean-Loup.

– Je ne veux pas être ingénieur, dis-je. C'est juste que j'aime bien Laurie, son parfum sent la réglisse et elle me donne des barres chocolatées.

– C'est bien mon fils, ça !

Mon père me décroche l'épaule d'un revers de sa main à quatre doigts, format palme.

– Tiens, t'as droit à une goutte.

Il me tend une canette verte, je sens l'odeur métallique de la bière à un mètre du goulot et je réprime un haut-le-cœur.

– Manquerait plus qu'il se mette à picoler, proteste ma mère. Lui donne pas ça, t'entends ?

– Tu sais pas rire, bougonne mon père.

Il n'insiste pas, ne fait pas valoir sa mâle supériorité ; pour l'instant, il a trop de choses à se faire pardonner. Une fois, il a disparu pendant tout un mois et il est revenu avec un bouquet de fleurs, c'est dire comme il se sentait coupable… J'étais encore à l'école primaire, à cette époque. Le seul fleuriste du quartier est installé en face du cimetière, je n'en connais pas d'autre, pourtant les bouquets de fleurs ne me font pas penser à la mort, seulement à la mauvaise conscience.

– Où tu étais, p'pa ? je demande.

Je ne sais pas ce qui me prend. Tout le monde fait toujours semblant de rien quand le père disparaît ; et quand il revient, tout le monde fait comme s'il n'était jamais parti.

– De quoi j'me mêle ? dit mon père. Ici, c'est les adultes qui posent les questions.

– C'est entre ton père et moi, Kévin, ma mère hausse le ton. Connais ta place, je te dis.

On n'entend plus que le ronronnement du frigo, de l'autre côté du mur.

Jean-Loup sauve l'ambiance :

– Eh, Claude, t'as regardé le match ?

– Une belle brochette de fainéants, mon père secoue une tête dégoûtée.

– Et avec ce qu'ils gagnent, encore, ajoute ma mère.

Je laisse mon regard s'évanouir sur les posters du Racing Club qui nous encerclent, sur les mollets frisés, les crânes rasés, les tee-shirts bariolés de logos, les dentitions malmenées, les nez tordus. Je prends la place d'Éva sur le divan, Éva sur mes genoux, et mon mal en patience. J'irais bien lire dans ma chambre, mais la maison ne favorise pas les plaisirs simples alors j'écoute d'une oreille les conversations de plus en plus décousues, je chatouille les côtes d'Éva et je lui raconte des petites histoires à l'oreille.

Il est plus de minuit quand les parents nous demandent aimablement de débarrasser la table, « pour servir à quelque chose dans cette baraque ». Je profite de ce que Marine et moi nous retrouvons seuls dans la cuisine à vider des cendriers dans la même poubelle pour lui murmurer :

– Alors, qu'est-ce que tu faisais à la bibliothèque, toi ?

Elle éclate de rire si fort qu'elle doit se tenir le nez, on dirait qu'elle se mouche dans sa main. Je devine d'emblée que je ne partagerai pas un nouveau secret ce soir, et certainement pas avec elle. Elle jette un œil vers la porte, s'approche de moi.

– Donovan et moi, on est allés dans les coussins du secteur jeunesse, chuchote-t-elle. C'est confortable et bien au chaud, si tu vois ce que je veux dire… On a flirté discrètement, et quand les gens commençaient à grogner, on faisait semblant de lire des magazines ou des *Petit Ours Brun*.

– Vous n'aviez pas peur que tout le monde se paie vos têtes, à vous voir lire des bouquins pour les petits ?

Elle gonfle une énorme bulle de chewing-gum et la fait claquer dans un papillonnement de ses longs cils mazoutés de mascara, pour me montrer combien l'avis des autres l'indiffère. Je ne lui demande pas si elle craint d'être traitée de binoclarde en se montrant à la bibliothèque, elle n'a pas le profil : même si elle se promenait avec un livre de cinq cents pages en sautoir, personne ne la soupçonnerait d'avoir l'intention de l'ouvrir. Pas s'il a déjà entendu les inflexions de sa voix aigrelette et les cinq adjectifs de son vocabulaire – cool, top, naze, et les deux autres sont des gros mots.

Malgré lui, Jonathan m'a offert un sursis en mentionnant Laurie, mais je ne suis pas tiré d'affaire. La mère m'a encore reproché de faire des phrases plus élaborées que « Vire tes fesses de mon coussin » mais l'argument de Laurie ne tient pas vraiment à ses yeux, parce que c'est la binoclarde de la troisième D (merci Océane). Elle n'est pas de notre monde, la côtoyer (ou la draguer), c'est ne pas connaître ma place, et regarder de haut mon entourage. Un bon moyen pour moi d'aller ouvertement à la bibliothèque sans risquer ma vie serait de me mettre à parler comme Marine.

Scène 1

KÉVIN – Y a quoi à manger ?

LA MÈRE – Des frites.

KÉVIN – Cool.

Scène 2

KÉVIN – Y a quoi à manger ?

LA MÈRE – Des betteraves.

KÉVIN – Trop naze.

Et sous la table, j'écrirais des poèmes.

13
UNE FAMILLE PRIVILÉGIÉE

La première chose que je perçois ce matin, c'est la pression de petites mains sur mes épaules ; la deuxième chose, le tintamarre que produirait un tiroir de couverts renversé dans un escalier en colimaçon. Éva m'a poussé contre le mur pour pouvoir prendre place sous mes couvertures, qu'elle remonte jusque sur ses oreilles pour ne plus entendre les cris perçants de notre mère, les aboiements rauques de notre père et les couinements de Côlon – c'est un berger allemand émotif, qui salue toujours les retrouvailles de ses maîtres par une spectaculaire pelade et, d'après Mme Lalouette, par une dépression nerveuse. « Croyez-moi, elle nous a dit un jour dans l'ascenseur, j'ai des chiens depuis plus de soixante ans et je sais reconnaître une dépression nerveuse quand j'en vois une ; cette bête a une nature délicate. » Ça dépend du sens que l'on donne au mot délicat, je pensais alors en regardant la langue du chien pendre comme un attrape-mouche en ruban adhésif.

Je soulève les couvertures pour voir si Éva pleure, mais elle se hâte de fermer les yeux très fort et s'enfonce les index dans les oreilles. Je tire sur son petit bras plein d'énergie pour lui chuchoter :

– Tu sais ce qu'on va faire ? On va aller chez mamie.

– Et Côlon ?

Elle renifle. Le chien, je le libérerais bien à des kilomètres d'ici, dans un environnement moins stressant, mais un animal aussi stupide doit avoir une espérance de vie de quelques jours, sans une main pour verser la pâtée Premier Prix directement dans sa gamelle. Il ne saurait pas renverser une poubelle s'il voyait un os à moelle posé sur le couvercle avec un bolduc et une étiquette disant *Bon appétit Côlon.*

– On l'emmène, je soupire. D'accord ?

Elle repousse les couvertures, descend du lit avec précaution, renifle encore et hoche la tête. Je me lève à mon tour, ramasse mon sweat-shirt par terre et l'enfile.

– Va te débarbouiller dans la salle de bains pendant que je me prépare. Discrètement !

Je la regarde sortir de la chambre avec ses petites lèvres pincées par la peur, puis je lève la tête vers le lit du dessus, aimanté par le regard de Jonathan.

– Ils vont t'arracher la tête si tu fais ça, dit-il.

Je lui désigne du doigt le pansement sur mon nez, pour lui rappeler qu'il s'adresse à un type que les épreuves de la vie ont récemment endurci.

– Je peux venir avec vous ? il me demande.

La dernière fois que j'ai marché dans la rue avec Jonathan et Océane, Éva n'était pas encore née et le chien avait un air de peluche qui le rendait acceptable ; seule l'épaisseur de ses pattes laissait supposer qu'il n'allait pas en rester là. Aujourd'hui, avec mon frère et mes sœurs, on ne se chamaille pas sur la route, d'ailleurs personne ne parle. Je ne savais pas Jonathan et Océane capables de silence et leur découvrir ce talent me les rend un peu plus sympathiques. Malgré le soleil, nos orteils deviennent vite rigides, d'autant que la petite n'a pas le pas olympique ; je l'ai emmitouflée au point qu'elle ressemble à une pièce montée sur des petits pieds qui moulinent. Heureusement, mamie n'habite qu'à trois rues de chez nous.

C'est Océane qui sonne et ensuite nous attendons, sagement groupés devant la porte comme une chorale de Noël dans un téléfilm américain. Moi, je tiens toujours la main d'Éva, et Jonathan agrippe le collier de Côlon pour qu'il ne saute pas sur mamie. Quand elle nous ouvre, tout en bigoudis, elle s'exclame comme plusieurs personnes à la fois :

– Pour une surprise ! Vous auriez dû appeler ! Je n'ai même pas de gâteau ! Heureusement que je ne suis pas cardiaque ! Vous n'avez pas froid ? Entrez, entrez vite ! Votre père est de retour, c'est ça ?

La maison de mamie n'est pas beaucoup plus grande que notre appartement, mais elle a un jardin et Côlon ne fait que traverser le rez-de-chaussée au pas de course avant d'atterrir, hébété, sur le carré de gazon. Mamie non plus n'adore pas les chiens. En fait, personne dans cette famille ne les apprécie particulièrement, c'est à se demander lequel d'entre nous au juste en a voulu un. Après tout, un chien, ça n'arrive pas par accident comme les bébés.

À la télé, une blonde pousse une roue multicolore avec un sourire de pure extase. Océane se vautre instantanément devant l'écran avec des crissements de Skaï et mâche son chewing-gum sans plus avoir conscience de nous. Mais ça me fait quand même plaisir qu'elle soit venue, quelque part. Jonathan disparaît dans le garage, où un jeu de fléchettes reste accroché depuis qu'on a eu l'âge de ne pas se crever les yeux avec, volontairement ou pas. Malgré tout, il est ici avec nous. Éva et moi, on aide mamie à préparer une quiche lorraine : Éva toque sur un bol avec un œuf, puis je le lui prends des mains et fais semblant que c'est bien elle qui l'a ouvert et je laisse l'avorton de poussin gluant s'affaisser au fond du récipient et y tanguer mollement.

– Ils se disputent ? me demande mamie.

Elle a pris une voix un peu voilée, comme si ses mots allaient faire des loopings pour contourner les conduits auditifs de la petite. Je me contente d'acquiescer avec la tête.

– Vous avez su le fin mot ? Vous savez où il était passé ?

– J'ai carrément posé la question, cette fois, mais ils répondent tous les deux que ce ne sont pas mes affaires.

J'aurais pensé que mamie était dans le secret, avec tous les coups de fil que lui passe la mère, mais il faut croire que non. Il faut croire que la mère, elle-même, ne sait rien de plus que nous. Maintenant mamie secoue la tête d'un air réprobateur ; elle ne parle jamais de mon père, sauf à demi-mot comme ce matin, parce qu'elle est sa belle-mère. D'après les blagues sur les belles-mères que fait mon père, on a déjà bien de la chance qu'ils n'en viennent pas aux mains lorsqu'ils se croisent. Quant à la mère, elle se plaint alternativement de mon père auprès de mamie, et de mamie auprès de mon père, selon ses affinités du moment.

– Quel malheur, quand même, dit-elle en touillant la pâte dans un grand saladier. Ton père était un bon gars, avant de perdre son boulot. Je ne dis pas que c'était le gendre idéal, mais il n'y avait pas de quoi allumer un cierge à sainte Rita. Ah, téléphone !

Je juche Éva sur une chaise et lui lave les mains dans l'évier pendant que mamie répond dans le salon.

– Calme-toi, ma fille ! Ils sont là. (…) Mais oui, tiens, tu croyais qu'ils avaient été kidnappés en groupe ? (…) Il était temps que tu t'en aperçoives, ils sont arrivés il y a plus d'une heure.

Je consulte la pendule de la cuisine : en vérité, nous sommes là depuis une vingtaine de minutes. Je ne crois pas que mamie se perde, ni qu'elle perde la notion du temps ; je pense qu'à sa manière elle prend notre défense. Une manière qui n'est pas si éloignée de ma nouvelle méthode. Je me demande si l'art du petit mensonge qui colmate est héréditaire. Mamie fait culpabiliser maman pour qu'elle ne nous prive pas de petit salé aux lentilles Premier Prix format familial (autant dire gros salé aux lentilles), maman m'incite aux résumés pour épargner les services sociaux à toute la famille, et moi je lui laisse croire au rebond du crâne pour pouvoir lire impunément. Je suis, de tout ce petit monde, le seul menteur assez bien placé pour savoir tout ce qui se passe vraiment à la maison. Pour l'instant, je mène le jeu.

– Bien sûr que non, ça ne me dérange pas, sinon c'est moi qui t'aurais appelée la première. (...) En fin d'après-midi, très bien. (...) J'espère, ma fille. Essayez de vous entendre, au moins pour les gosses. (...) Mais non, je ne dis pas que tu comptes pour rien. (...) Mais oui, il abuse, tu fais bien de le lui dire. (...) Alors répète-le-lui, il finira bien par l'entendre. (...) Oui, courage, ma fille, courage. (...) Pas avant la fin d'après-midi, c'est entendu. Ne t'inquiète pas, je ne les laisserai pas rentrer plus tôt.

Quand mamie revient dans la cuisine, spontanément je lui dis merci. Elle sait de quoi je la remercie, elle sait que je sais, sinon pourquoi elle m'ébourifferait les cheveux avec un air complice ?

L'après-midi se passe bien. Mamie nous montre des photos de quand on était petits, Jonathan, Océane et moi, elle demande à Éva si elle reconnaît ces trois courges en vêtements ringards sur le papier brillant.

On se taquine tellement, le frère, la sœur et moi, qu'on en vient à se jeter des morceaux de quatre-quarts – même moi. Mamie menace de tout ranger si on continue ça, et elle les confisque le temps qu'on ait ramassé les miettes avec sa balayette et son ramasse-poussière.

– Pas seulement Kévin. C'est au tour de Jonathan, maintenant. Et cesse de glousser, Océane, tu n'y échapperas pas non plus.

Il y a aussi des photos de nos parents quand ils étaient jeunes. J'avais oublié à quoi ressemblait le père avec cinq doigts aux deux mains et toutes ses dents de devant. Il était plus mince, aussi, même de la tête ; il ne portait pas de jogging et ses cheveux ne ressemblaient pas à des créatures sous-marines. Je ne me rappelle pas avoir eu honte qu'il vienne me chercher à l'école, ce qu'il faisait parfois. Ma mère, elle, souriait encore. Elle n'avait pas l'air de ne pas avoir dormi depuis les années quatre-vingt-dix, elle portait des jupes sans croûtes de bolognaise dessus. Sur les plus anciennes photos, elle a une dizaine d'années et on la voit assise sur les genoux de papy ; ses yeux applaudissent de bonheur et papy la regarde comme la huitième merveille du monde. La pauvre maman ne devait pas s'attendre à une telle vie d'adulte, avec un mari qui disparaît, des gamins qui se jettent des frites et un chien qui fait sur le paillasson, au huitième étage d'une poubelle avec des fenêtres plus petites que la télé.

Mamie pousse de longs soupirs sur les photos de papy : papy en maillot de bain, papy bêche le jardin, papy joue de l'accordéon. Je ne l'ai jamais vu à l'œuvre, mais un jour j'ai trouvé l'instrument dans le fouillis du garage et il m'a dit qu'il savait en jouer. Longtemps, ça m'a semblé incroyable : quelqu'un dans notre famille savait jouer d'un instrument de musique ; nous étions une famille privilégiée, de vrais aristocrates. J'en tirais une immense fierté, jusqu'au jour où Mme Saumure nous a rendu nos rédactions sur le grand homme ou la grande dame de notre choix. J'avais choisi papy, pour cause d'accordéon. La prof avait bien aimé mon texte et m'avait demandé de le lire à voix haute devant toute la classe. Des petits rires ont commencé à fuser dès que j'ai buté sur la première syllabe, mais quand j'ai parlé d'accordéon, j'ai bien cru que le plafond allait s'effondrer sur nos têtes. Tous les autres garçons de la classe ont dû copier cent fois *Je n'appelle pas le grand-père de mes camarades Yvette Horner* mais le mal était fait. Je ne pourrais plus jamais penser à mon grand-père comme à un héros, et je ne pourrais plus jamais écrire ce que je pense dans une rédaction. Depuis, je fais exactement ce dont se plaint Mme Saumure : du remplissage.

– Elle, c'est qui ?

Océane écrase un doigt graisseux sur une vieille photo en noir et blanc et mamie lui tape sur la main comme sur une mouche.

– Elle, dit-elle, c'était ma mère.

– Ta mère ? La photo existait déjà à son époque ?

J'écrase le pied de ma sœur sous la table avec pour seul résultat de déclencher sa sirène d'alarme mondialement redoutée.

– T'es sûre que c'est ta mère ? insiste cette petite bécasse.

– Je ne suis pas encore sénile, ma petite chérie. Je reconnais encore ma propre mère.

Claquement de bulle rose bonbon, dont une miette échoue dans le mascara visqueux d'Océane. Traduction : « Eh ben dis donc… » Elle révulse l'œil pour récupérer la miette avec un ongle à paillettes long de trois centimètres.

Je contemple encore un peu la photo de mariage de mes parents. J'ai l'impression qu'elle a quelque chose à me dire. Je regarde tour à tour les visages souriants, le beau costume, la robe de princesse, le bouquet coloré, le ventre un peu rebondi de maman, dans lequel Océane faisait claquer des bulles de bave au bout de ses mini lèvres. N'importe qui serait joyeux si on lui montrait cette photo, mais moi, elle me donne le cafard. Les photos ont cet effet-là sur moi, la plupart du temps, pourtant je ne peux pas m'en détourner.

– Ils étaient beaux gosses, quand même, dit Océane.

Elle penche vers moi son arôme de fraise chimique. J'essaie de superposer le visage des parents dont j'ai fui l'appartement ce matin à ces photos de beaux gosses et mon vague à l'âme passe à la vitesse supérieure : phase essorage. Je n'arrive pas à croire à ces sourires figés sur le papier, j'ai envie de leur dire : « Non, ne vous laissez pas avoir, tout ça n'est qu'une illusion. Un mensonge que rien ne pourra jamais colmater. » À la fin des photos, c'est ainsi, j'ai toujours du mal à ne pas pleurer. Une fois de plus, c'est Éva qui me sauve :

– Bon, et si on jouait aux dadas maintenant ? elle prend une voix de petite madame.

Océane grimace, décroche le téléphone.

– Ouais, Jessica, tu peux me rappeler chez ma grand-mère ? (...) Cool.

Mamie va chercher le jeu dans le placard du salon. Mamie et moi, on laisse gagner Éva. Jonathan ne pourrait pas en faire autant même s'il le voulait… je crois bien qu'il ne comprend pas trop les règles. L'essentiel, c'est que la petite gagne.

Quand nous entrons dans l'appartement, en fin d'après-midi, la phase 3 a commencé. Chaque fois que mon père rentre d'une de ses longues absences, il invite un copain et, phase 1, tout le monde vide des bouteilles en musique. Le lendemain, phase 2, les vitres vibrent, les injures volent jusque chez les voisins. Après quelques heures de cette corrida, phase 3, les parents s'enferment dans leur chambre et ils rient très fort. Nous, on se fait des tartines de fromage reconstitué.

14
LE PRIX DU CHOCOLAT

J'ai entassé toutes les serviettes éponge au fond de la baignoire et je ne pourrais pas dire que je sois mal installé. La porte est verrouillée. Cela dit, ce serait bien ma veine que quelqu'un veuille se brosser les dents à cinq heures du matin, dans cette Maison de la Grasse Matinée où le budget dentifrice est inférieur au budget fond de teint. Je me sens en sécurité pour finir *L'attrape-cœurs.*

Je regrette d'avoir parlé de tant de gens. Tout ce que je sais, c'est que tous ceux dont j'ai parlé me manquent pour ainsi dire.

Je crois qu'ils vont me manquer, à moi aussi. Drôle d'idée que de lire des romans, quand on y pense bien : on s'attache à des personnages qui n'existent pas, on se sent moins seul alors qu'il suffirait de lever la tête de sa page pour constater qu'on l'est toujours autant dans le vrai monde, et après, tout est fini. Chacun rentre chez soi, Holden et tous les autres dans leur néant, et moi dans ma baignoire auréolée de traces douteuses. J'enroule le livre dans mon sweat-shirt, remets les serviettes en tas sur le panier de linge sale, et regagne ma chambre d'un pas douloureux. Le livre glissé sous le matelas, je m'endors très vite.

À mon réveil, la mélancolie s'est dissipée. Je suis plutôt joyeux à l'idée de revoir mes nouvelles amies dans quelques heures, celles dont je parlerais si j'écrivais mon propre *Attrape-cœurs*. Quant aux personnages de ce dernier, ils ne me manquent plus comme cette nuit, ils ont pris une nouvelle place dans ma tête. À l'avenir, ils pourront m'accompagner sans exister vraiment, aussi secrets que l'était leur histoire dans la doublure de mon anorak. Irène Chamallow sera sur les fesses quand je lui apprendrai que j'ai lu un roman entier, sans sauter un seul paragraphe. Je lui demanderai de m'en conseiller un autre. J'ai confiance en elle, maintenant, j'accepterai sans broncher de glisser *Troublante infirmière* ou *Le Play-boy de Corfou* dans ma doublure si elle m'assure que l'intérieur compense le titre.

Plus que cinq heures avant les retrouvailles... Je me suis réveillé aussi tard que les autres, ce matin (à cette différence qu'ils n'ont pas passé les deux tiers de la nuit à lire dans une baignoire), mais tant mieux, j'attendrai moins longtemps que la semaine dernière avant de passer les portillons antivol du guichet.

Je mange mes céréales en même temps que tout le monde, mais je n'écoute pas ce dont parlent mes parents, ni Jonathan ni Océane, massés autour de la télé avec leurs bols sur les genoux. Je reste en retrait, à côté d'Éva. Je surveille qu'elle ne renverse pas trop de lait, et en même temps je pense à la bibliothèque. Mardi dernier, j'y ai mis les pieds pour la première fois ; ça fait moins d'une semaine que j'y prends des habitudes, et pourtant il me semble y avoir vécu plus de choses qu'en trois ans et demi au collège. Et qu'est-ce qu'il me semble loin, ce collège ! Je me rends compte que je n'ai pas pensé aux Pimpette depuis deux jours. Ils ne m'impressionnent plus. S'ils me voyaient pousser la porte de mon nouveau repaire et qu'ils se gondolaient bruyamment à mes frais, je serais prêt à leur faire quelques pointes de petit rat de l'opéra en cadeau bonus. Qu'ils me filment avec leur portable si ça leur chante. Je suis devenu plus fort qu'eux parce que désormais ils m'indiffèrent – eux, leurs avis sur toutes choses et leur petite cour d'admirateurs débiles.

Comble du luxe, la mère ne nous flanque pas à la porte ce matin puisque le père est là pour canaliser notre énergie, comme elle dit. Je peux jouer toute la matinée avec Éva, sans blizzard dans le molleton de mon jogging. Je rassemble ses feutres et toutes les enveloppes de factures déchirées que je peux trouver.

– Nous allons inventer une histoire, je lui dis. Moi, je la raconte, et toi tu dessines les illustrations.

Éva dessine toujours avec beaucoup d'application ; elle prend tout son temps. Parfois je la vois repasser cent fois sur la même courbe ; je lui demande si ça représente un coucher de soleil, un escargot ou un ravioli et elle me répond : « C'est le nez, voyons. » Maintenant elle attend, le feutre en l'air, que je commence.

Je vais raconter l'histoire d'un garçon qui veut ramener un bébé kangourou à sa maman. Non, d'abord le kangourou va chercher à manger pour son bébé et à son retour de la forêt, le bébé a disparu.

– Ils mangent quoi, les kangourous ? demande Éva.

Comme je n'en sais rien, je décide de raconter l'histoire de manière moins réaliste. Le kangourou va au supermarché des kangourous et laisse son bébé sur les chevaux mécaniques à l'entrée du magasin ; à son retour avec des boîtes de conserve plein le cabas, le bébé a disparu. La maman kangourou engage un garçon détective pour le retrouver – je décris le garçon comme moi, mais avec un grand imperméable noir. Ce que je veux, c'est amuser Éva. Je veux que le garçon ramène le bébé kangourou à sa maman en le cachant dans son imperméable. Il y aura des scènes très drôles, comme celle où le bébé kangourou attrape le hoquet, et il bondit dans l'imperméable et, à force de bondir, il casse le nez du détective. Ça fait une longue route pour raconter une blague mais ça vaut le coup. Je ne sais toujours pas comment ni pourquoi le garçon détective choisira de partir à gauche ou à droite à la sortie du supermarché pour se mettre en quête du bébé, quand Éva se trouve à court d'enveloppes. J'envisage de voler des feuilles de papier toilette ou de piocher dans mes copies doubles pour qu'elle puisse continuer, mais déjà le « À table ! » retentit. Nous n'avons pas vu le temps passer, la petite et moi.

– Le prochain épisode demain, je lui dis.

Plus qu'une heure. Je suis tellement impatient de sortir que le jus piquant des carottes râpées et les arêtes des sardines passent très bien.

Quelle n'est pas ma surprise quand, à deux heures, personne ne vient ouvrir la porte de la bibliothèque.

Les employés n'ont pourtant pas l'air du genre à faire poireauter le lecteur. Je mets la main en visière contre la porte vitrée, mais n'aperçois personne nulle part. Toutes lumières éteintes, la grande salle dort tristement. Par acquit de conscience, je regarde les horaires imprimés sur la porte d'entrée, mais je ne trouve pas le lundi. Pourquoi une bibliothèque serait-elle fermée un lundi ? Le fait est que ni Laurie ni Irène, les plus assidues clientes du lieu, ne se présentent pour tambouriner avec moi sur les portes. Elles, elles doivent savoir ! Mais.

Elles m'auraient sans doute tenu informé, si elles avaient su. J'ai peut-être raté quelque chose d'énorme : une alerte nucléaire, par exemple. Nous serions les derniers au courant, il n'y a pas d'infos sur les chaînes préférées des Pouchin. Quoi qu'il en soit, il se passe quelque chose d'étrange dans cette ville. Je décide d'aller sonner chez Irène.

Je traverse le parc en me frappant sur les bras pour me réchauffer, façon phoque. Pas besoin d'aller sonner chez Super Mamie, elle avance dans ma direction sur le chemin de gravier. La canne martiale, le chignon autoritaire, mais dès qu'elle m'aperçoit un sourire dévoile tout son beau dentier.

– Alors, vous êtes en retard, Irène ! je crie.

Marcher vers quelqu'un en souriant, ça me met mal à l'aise, je préfère toujours crier des choses pour remplir la distance. Sinon mes hanches se mettent inexplicablement à partir sur les côtés à coups secs, une fois à gauche, une fois à droite. C'est nerveux.

– En retard ?

– Mais ne vous en faites pas, ils sont encore plus en retard que vous.

– J'ai dû oublier quelque chose… (Elle frémit.) *Vade retro*, Alzheimer !

Je finis tout seul les derniers mètres qui nous séparent, en silence mais sans embarras ni roulement de fesses : maintenant, elle a les yeux dans le vide.

– La bibliothèque, je l'aide. De l'autre côté du parc.

– Elle est fermée le lundi, Kévin. Je pensais que tu le savais.

Elle rit de soulagement, mais s'arrête face à la déception que je ne peux masquer.

– Que dirais-tu d'un chocolat ?

– Je ne veux pas vous ennuyer. On se verra demain.

– Suis-moi, cornichon. Nous allons dans le centre-ville. Il n'y a pas de club cet après-midi, pas de gym, pas de natation, pas de piano, pas de chorale, pas de dessin, alors mes petits-enfants sont à la maison avec leur mère. On ne serait pas tranquilles et ils ne comprendraient pas que je me fasse des amis dont je pourrais être la grand-mère.

– Votre fille, elle ne travaille pas ?

Je ne suis pas du genre à fureter dans les affaires des autres, mais je cherche un point commun entre la famille d'Irène et la mienne : pourquoi pas une mère au foyer ? Tout me va.

– Elle est professeur, tu l'auras peut-être en EPS, l'année prochaine au lycée.

Je me voûte de plus en plus.

– À gauche, Kévin, le centre-ville est à gauche, rappelle-toi. Tu n'es pas censé avoir la mémoire qui flanche, toi.

– Je n'y suis allé que deux ou trois fois, avec des profs. Des baskets et des sandwiches au fromage volaient dans le bus, je n'ai pas fait attention au paysage.

– Allons, tu ne vas pas me dire que tu ne sors jamais de ce quartier ?

Je lui décoche un regard méchant et je m'en veux aussitôt. Elle n'y est pour rien si le monde connu, pour les gens comme moi, s'étend de la voie ferrée à la voie rapide. Elle ne fait pas semblant de s'en étonner pour me faire sentir comme un extraterrestre. Elle n'insulte pas ma famille, ne dénigre pas mon quartier. Elle y habite aussi et ça ne l'empêche pas d'en sortir, je devrais plutôt prendre ça comme une bonne nouvelle, une forme d'espoir. Surtout si elle m'emmène avec elle.

– Excuse-moi, Kévin. Je me suis montrée indélicate.

– Oh, vous n'y êtes pour rien. Ce n'est pas comme si des chiens et des miradors nous filtraient aux limites du quartier. Vous croyez qu'ils vont me laisser passer ?

Elle rigole.

Je ne dis pas à Irène que je n'étais jamais encore entré dans un café. Celui-ci fait très chic, rien à voir avec Chez Momo, dans ma rue, un aquarium baigné de lumière jaunâtre où trois vieux clients passent leur journée vissés aux tabourets, échoués sur le comptoir en Formica avec leur nez en forme de fraise radioactive. Ici tout est vieux, mais pas dans le style des chaises dépaillées chez les grands-parents, plutôt dans le genre musée, et très propre. Tout brille, même le bois. Les cuillères sont lourdes et le chocolat chaud est servi dans deux cruches différentes, une pour le chocolat fondu et une autre pour le lait, qu'il faut verser chacun son tour dans une tasse. Je me demande si les patrons mettent toujours un seul ingrédient par plat. J'espère pour eux qu'ils ont un lave-vaisselle.

– Enlève ton blouson, me conseille Irène, tu vas prendre froid en sortant.

Elle n'a pas tort. Je le pose sur le dossier de ma chaise. *L'attrape-cœurs* cogne contre le bois alors je pense à le sortir de sa cachette pour le poser sur la table.

– Je voulais le rendre, dis-je, mais ce sera pour demain.

– Tu l'as fini ? Qu'est-ce que tu en as pensé ?

Je lui livre mes impressions dans le désordre. Je parle surtout d'Holden Caulfield, et de ce que j'aime bien chez lui. D'abord, il ne s'efforce pas de ressembler à tout le monde pour être populaire. Il va voir une momie dans un musée si ça lui chante, sans craindre que les gros durs de son école le voient et le traitent de binoclard. Ensuite, il avoue pouvoir tomber amoureux d'une fille qui n'a rien d'une splendeur. De ce fait, ce n'est pas vraiment cruel quand il parle de filles strictement pour les morts de faim. Parce que au fond il pourrait tomber amoureux d'elles quand même. Il ne le dit pas mais on le devine. Pour finir, il offre des cadeaux à sa petite sœur même s'il a des envies d'adulte comme boire de l'alcool. Il est l'inverse des petites frappes qui règnent sur mon collège.

Eux, leurs radars ne captent que les gens de leur âge ; ils ne pourraient s'intéresser ni à des petits ni à des vieux, ce qui les prive à mon avis de tout ce qu'il peut y avoir de touchant dans la vie. Ça ne leur laisse que le clinquant des portables, des mobylettes et des baskets de marque. Eux, ils rêvent d'avoir la même chose que les autres, et ce que les autres rêvent d'avoir – le premier qui l'obtient a gagné. Si la mode était aux bretelles, ils rêveraient de bretelles et ils ne trouveraient pas ça curieux, ni grotesque. Holden est bien plus libre qu'eux.

Irène m'écoute en sirotant son chocolat, ne lève pas les yeux au ciel, n'éclate pas de rire, ne soupire pas, ne s'étrangle pas.

– Tu vois bien qu'il te ressemble, ce petit…

Ensuite nous parlons encore assez longtemps, bien après avoir vidé nos tasses. Avant de partir, nous appelons le serveur pour lui régler nos consommations et je crois avoir mal entendu quand il nous apprend le prix du chocolat. À mon avis, il veut nous faire payer le lave-vaisselle en sus. Je compte les pièces que j'ai chipées dans les poches de mon père avant de partir, mais j'ai à peine de quoi payer mon sucre. Irène ne s'en aperçoit pas, elle a donné un gros billet au serveur, qui lui rend déjà la monnaie en nous souhaitant une « bonne journée messieurs-dames ». Je réfléchis encore à une manière de dire merci quand dame Chamallow reprend notre discussion comme si de rien n'était. Alors quoi ? Je ne vais tout de même pas lui couper la parole. Je ne sais vraiment rien faire, même pas dire merci.

Je le dis finalement quand nous nous séparons au milieu du parc, presque au point où nous nous sommes croisés tout à l'heure. Je reconnais le grand frère de Loïc Huc sur un banc ; il est occupé à embrasser la grande sœur de Jessica, qui est la copine d'Océane, celle avec un brillant dans le nombril. Je me tourne légèrement pour qu'il ne me reconnaisse pas, le temps de dire au revoir à Irène, puis je file en tirant sur le col de mon anorak pour me cacher le plus possible dedans.

– Elle est pas un peu vieille pour toi, Pouchin ?

Le rire stupide de ce grand benêt me rattrape alors que j'allais disparaître derrière le kiosque à musique. Je me fige sur place. Je me sens coupable de bêtise, moi aussi. Je m'arrête, baisse le col de mon anorak, me tourne vers le Pimpette et j'appuie très fort avec mes yeux pour qu'ils lui disent « Je te méprise, vieux ringard ». Il ne se passe rien. Un poing énorme ne me soulève pas de terre pour me claquer plusieurs fois contre l'escalier en pierre du kiosque. Je me sens libre sur la route jusqu'à l'appartement.

À mon retour, Jonathan et Océane ne sont pas encore rentrés – il n'est que cinq heures. Le père boit une bière au goulot devant la télé, la mère plie du linge à mesure qu'elle le décroche du séchoir, Éva joue avec son puzzle en cubes, assise sur la carpette râpée du salon, comme toujours. J'ai envie de m'excuser auprès d'eux d'avoir bu un chocolat plus cher que le contenu de tout notre frigo. Envie de leur faire des montagnes de cadeaux très coûteux et de leur dire qu'ils les méritent autant que n'importe qui. Envie de les serrer dans mes bras, de leur promettre que je ne les prends pas de haut. Je réprime un sanglot. J'ouvre la bouche pour proposer mon aide à ma mère, mais un autre sanglot risquerait de trahir mes émotions, alors j'attends un peu. Finalement, la mère me devance :

– Descends la poubelle, dit-elle.

15
TITANS

Laurie est venue sans ses tresses. Je n'y étais pas préparé et je suis à deux doigts de croiser son chemin sans la reconnaître, au rayon romans ; je la regarde en deux fois, et la deuxième fois, je fais le tour de sa personne pour bien comprendre comment ses cheveux libérés s'agencent dans l'espace. Quand j'ai fini mon tour, Laurie a deux petits disques roses sur les pommettes.

– Je ne les savais pas aussi longs, dis-je. Ils te vont bien, je me demande pourquoi tu les caches toujours. Ils ont l'air, comment dire ? faits pour toi...

– Merci. J'espérais que ça te plairait.

Elle se racle la gorge, bascule sur ses pieds et fuit mon regard.

– Tu cherches un titre particulier ? elle change de sujet.

– Oui, je relirais bien Frankie Addams.

Je mens par ajout, le préfixe « re », deux petites lettres d'esbroufe. Et aussi un peu par omission puisque je ne précise pas que le choix est celui d'Irène.

– Tu cherches dans les A ?

Laurie fronce les sourcils.

– Et alors ? C'est classé par ordre alphabétique de nom, pas de prénom.

– Kévin, Kévin, elle secoue la tête. *Frankie Addams* est le titre du roman, l'auteur s'appelle Carson McCullers. Tu ne l'as pas lu depuis longtemps, on dirait…

Elle rit en plissant le nez, la tête rentrée dans les épaules, mais je ne suis pas vexé. D'abord parce qu'elle a bien raison de rire, et ensuite parce que je sais reconnaître un rire attendri d'un rire sarcastique. Du coup, je ris aussi. Ensuite je me rattrape en trouvant le roman tout seul sur les rayonnages, en moins d'une demi-heure. Je connais l'alphabet, c'est déjà ça…

– C'est mignon, sourit Laurie. Que tu lises – pardon, que tu relises – les grands romans de l'adolescence. Lequel liras-tu ensuite ?

– Euh, un roman à la fois, je verrai bien en temps voulu. D'ailleurs, j'aurai peut-être envie d'aborder une autre thématique après celui-ci. La rigueur, moi, ça me gâche le plaisir de la lecture, je préfère me laisser porter de page en page et de livre en livre.

Elle laisse un long soupir s'échapper de sa poitrine, puis elle secoue lentement la tête vers moi, les yeux fermés, comme elle respirerait un parfum qui flotterait autour de moi. Sans vouloir me vanter, je crois que je sais y faire. Je dois avoir un don jusque-là insoupçonné. Qui sait, on en a peut-être tous un, voire même plusieurs, dont certains que l'on ne découvrira jamais faute d'occasion. Qui sait si je n'ai pas la fibre d'un grand trompettiste ou une constitution idéale pour devenir astronaute ? Pour le savoir, il faudrait que je croise une trompette ou un simulateur de vol. En revanche, je peux déjà constater que Laurie est à mes pieds, à moi qui ne suis pas le premier de la classe auquel elle se destine depuis la maternité, et je constate que je n'ai pas eu grand-chose à faire pour gagner son admiration. Voilà comment, un beau jour, on se découvre une emprise particulière sur la gent féminine.

– Dis-moi, tu pourrais me faire lire un de tes poèmes ?

– C'est très personnel, un poème, je proteste.

– Je me doutais que tu serais trop pudique. Malgré tout, je pense qu'il est important pour un auteur de confronter son œuvre à un public, sinon comment pourrait-il évoluer ?

Je brandis *Frankie Addams* grand ouvert dans le bon sens et, à ma gauche, Irène se cache pour sa part derrière un immense bouquin sur un peintre qui s'appelle Raoul Dufy (elle n'a pas souri du tout quand j'ai dit que ce nom faisait canard ; parfois, elle est un peu trop austère pour moi).

– On peut avoir lu un million de livres et ne pas savoir écrire un poème, Kévin, ça n'a rien à voir, chuchote-t-elle.

– Vous ne pouvez pas me laisser tomber !

– Je ne vais tout de même pas l'écrire pour toi, enfin. Écris-le et j'essaierai de te donner des conseils. C'est le mieux que je puisse te proposer.

– Il n'y a même pas de dictionnaire chez moi.

– Tu n'as qu'à en emprunter un.

– Je ne suis pas sûr que ma doublure d'anorak tiendrait le coup ; et si elle tenait le coup, il se trouverait bien quelqu'un à la maison pour remarquer mon kyste rectangulaire de dix kilos. On en reparlera, elle arrive.

Laurie s'assied à ma droite avec un livre de philo « pour savoir à quoi s'attendre » ; je me demande si elle compte ne plus lire que ce genre de choses pendant deux ans et demi. En tout cas, moi, je me sens pour le mieux, assis entre les deux femmes que je préfère (je ne compte pas la famille). Je suis pleinement heureux sur ma chaise rembourrée, et en même temps je laisse Frankie Addams m'entraîner dans ses errances estivales – j'ai presque trop chaud par moments. Incroyable à quel point on peut se laisser distraire du vrai monde par des histoires qui ne se sont jamais produites.

– Ça va, là, tranquille ?

Je suis tellement concentré que je ne reconnais pas tout de suite la voix. Ou bien si, je la reconnais, mais je ne me rends pas vraiment compte qu'elle est en train de soulever des Chhhhhhhh et des claquements de langue dans l'espace-temps de la bibliothèque. Elle a traversé mon cerveau de Frankie Addams comme un écho d'une vie antérieure.

– Tu vas pas te crever à la tâche, hein, t'es bien au chaud à te la couler douce comme une chochotte.

Chhhhhhhhh… T-ttt.

Cette fois je redresse la tête, et le livre me saute des mains avec une vélocité de batracien. Je ne me préoccupe pas de son point de chute, replie le bras devant mon visage pour parer une éventuelle frappe aérienne.

– Allez, ramène-toi, faut laver la BM. Si ça t'abîme pas trop tes petites pinces de princesse de les mettre un peu au travail.

– Euh, je… Donne-moi juste cinq minutes, p'pa, le temps que je range et que je dise au revoir.

– Oh, il faut du temps à monsieur. Alors que toute la famille l'attend sur le parking avec le jet d'eau et l'aspirateur. Il lui faut pas aussi une chaise à porteurs pour sortir son postérieur de cette turne, tant qu'il y est ?

– Une minute ! Trente secondes ! Quinze secondes ! S'te plaît, p'pa…

Je ne bénis jamais autant les usages et les traditions que quand mon père me gifle : ce sont les femmes qui portent des bagues. Lumineux. Il y a un certain ordre dans l'univers, les voies du Seigneur sont ratissées au peigne. Papa n'a même plus d'alliance depuis que le moteur de la vieille Mercedes lui a mangé l'annulaire gauche.

– Non mais ne vous gênez pas ! s'indigne Irène.

– De quoi j'me mêle, vieille peau ?

Voilà, ça, c'est mon papa.

– Vieille, mais coriace, rétorque Super Mamie.

Papa maugrée des umpf et des gnâ, m'agrippe par les cheveux et s'apprête à me traîner ainsi par le scalp jusqu'à la voiture, plié en deux au bout de son bras.

– Ah non ! s'énerve Super Mamie, ce ne sont pas des façons, monsieur. Lâchez ce petit immédiatement.

– Dégage, grogne papa.

Il a le tutoiement facile ; il ne connaît pas dame Chamallow depuis deux minutes qu'il pourrait déjà lui envoyer des tapes dans le dos. Pas à dire, c'est un gars sympathique. Mais Irène ne perd pas son sang-froid, elle se plante devant lui, le menton défiant, les bras croisés bien haut sur la poitrine et la canne le long du corps.

– Fiche le camp, reformule le père.

Et pour plus de clarté il pousse sans délicatesse la vieille dame par l'épaule. Ce qui lui vaut un coup de canne dans le nombril, et quand je dis de canne, je parle pas du plat : sabré, mon vieux ! De quoi tomber à genoux, effectivement, malgré ses quatre-vingt-dix kilos. Puis, une fois mon père à quatre pattes, j'avoue que les plus pacifiques succomberaient à la tentation de le rouer de coups, cette fois du plat de la canne, et Super Mamie ne déroge pas à la règle. Laurie elle-même lui assène deux ou trois coups de livre sur les épaules, pas assez fort pour qu'on puisse les entendre. Je le saurai désormais : pour se défendre, mieux vaut un bâton qu'un Platon, même un de cinq cents pages. Sans blague, je n'aurais jamais imaginé papa se prendre une telle dérouillée, et si on m'avait dit qui deviendrait son maître, j'en aurais encore la bouche ouverte.

– Vous allez laisser cet enfant tranquille, conclut Irène.

Le jeune homme du guichet s'approche du ring en crabe, un téléphone à la main.

– Madame, posez cette canne sur le sol très lentement, chevrote-t-il. Mademoiselle, votre livre. Allez !

Laurie s'exécute mais Irène ignore son ordre.

– Ah, vous voilà enfin, vous, dit-elle. Ça ne vous ennuie pas de laisser un cas de maltraitance se dérouler dans votre établissement ? Faut-il vraiment qu'une vieille dame et une jeune fille s'interposent pour qu'un enfant ne soit pas battu sur la place publique ?

Pourquoi Laurie est-elle une jeune fille et moi un enfant ? J'ai tout de même quatorze ans, et je ne suis pas si petit pour mon âge.

– Monsieur, j'appelle la police, le type du guichet se veut rassurant.

– Essaie un peu, mon père se dresse devant lui. T'inquiète, je vais pas leur mettre la pâtée qu'elles méritent, à ces deux gonzesses.

– Ah mais je… je n'avais pas l'intention de vous… Vous ne voulez pas porter plainte pour coups et blessures ?

– Contre deux gonzesses ? insiste mon père.

Je cours enfiler mon anorak et profite de ce que le père secoue les puces à l'employé de la bibliothèque pour glisser *Frankie Addams* dans la doublure. Le directeur de la bibliothèque, le Bourdon comme nous l'appelons, incline la tête sur le côté avec un air réprobateur et Irène le suit vers son bureau en boudant. S'il appelle sa fille, elle va dépasser les bornes ; et si elle dépasse les bornes, cette fois le Bourdon risque de lui interdire l'entrée de la bibliothèque. Qu'allons-nous devenir ? Je lance à Laurie un regard suppliant tandis que le père m'emmène vers la sortie. Une larme tombe de son œil sur *Le Banquet* de Platon.

16
CHEZ SOI

À ma grande surprise, le père n'évoque pas du tout le livre avec lequel il m'a surpris, sur la route pour la barre HLM, ni mes amitiés atypiques avec une première de la classe et une ninja de quatre-vingt-cinq ans. Peut-être tout ça est-il trop loin de ses conceptions pour qu'il comprenne exactement de quoi il retourne. Il a dû penser que je me trouvais par hasard à côté de Super Mamie, et que le livre n'avait d'autre but que de bluffer Laurie. Ce qui, à la base, était presque vrai – j'ai tendance à oublier que je lisais les *Schtroumpfs* il y a une semaine encore, avec les empreintes digitales d'Irène gravées dans le pavillon. Tout ce que me dit le père, c'est :

– Quand je te dis de venir, tu viens. Et tu m'obliges pas à parlementer avec des gonzesses. Compris ?

J'aperçois au loin, à l'orée du parking, les silhouettes

rabougries de ma mère et de mes frère et sœurs auprès de l'aspirateur et du seau. Quand je sors de la voiture, je me sens responsable de leurs lèvres bleutées par l'attente en plein courant d'air glacé. Jonathan ne semble pas m'en tenir rigueur :

– Alors ? Il draguait vraiment la petite fayotte ?

– Avec un livre devant sa tête ! le père est secoué de rire.

Comme toujours, je bats la peau de léopard avec la tapette à mouches. « Pour nous donner du cœur à l'ouvrage », le père a mis la musique très fort sur l'autoradio, de la musique conçue pour les boîtes de nuit et les magasins de jeans. Malgré le froid, Jonathan et Océane s'amusent à s'éclabousser avec l'éponge et le jet d'eau. Assise dans la voiture, Éva fait semblant de tourner le volant pendant que la mère aspire les sièges arrière. Le père, accroupi avec le jean descendu à mi-fesses, s'occupe des détails et des finitions, armé de la peau de chamois. Tous semblent bien s'amuser, comme si nous étions en train de partager un pique-nique au bord d'une rivière, sous un soleil d'été. Moi, je ne suis pas dans l'ambiance, je n'y arrive pas.

Je suis inquiet. La bibliothèque n'est plus mon jardin secret si n'importe qui peut venir m'y chercher par les cheveux. Quant à Laurie, désormais elle verra mon père à travers moi, elle comprendra quel imposteur je suis, un faux poète à traces de chien, et ses cheveux réintégreront leurs tresses. Je suis surtout inquiet pour Irène. Si elle se faisait expulser par le Bourdon et reconduire à la frontière au bras de sa fille, elle ne me le pardonnerait sans doute jamais, cet endroit est son refuge, à elle aussi.

Mémo : cette bibliothèque n'est pas seulement notre seconde maison à tous les trois, Irène, Laurie et moi, il s'agit d'un établissement municipal, où des gens gagnent leur vie, classent, plastifient, archivent, étudient – même si j'ai tendance à estimer que, sans nous, elle ne serait plus qu'une bibliothèque comme toutes les autres. Elle ne serait plus que cartes et livres bipant sous des douchettes dans la lumière des néons, marque-pages Fête du Livre, Retour le 15 mars, chariots à roulettes, Merci au revoir et portiques antivol.

Et plutôt que de prêter main-forte à mes amies, je donne des coups de tapette à mouches sur une vieille moumoute tachetée. Je ne me sens pas seulement impuissant mais aussi puni – comme il m'est arrivé d'être consigné dans ma chambre pendant que mes camarades s'amusaient, à l'époque où je partageais des jeux avec des camarades. Cette époque est revenue, dans un sens : autres camarades, autres jeux, et autres enjeux. Je n'ai jamais eu une telle conscience d'avoir quatorze ans, de basculer vers l'âge adulte.

Dès que la famille s'engouffre dans l'ascenseur avec ses accessoires de lavage, je file. Mes jambes sont plus longues et plus élastiques que je ne le croyais, je regarde les traînées colorées qu'elles dessinent au-dessus du bitume flou comme si elles étaient indépendantes du reste de mon corps. Je cesse de courir à quelques mètres de la bibliothèque pour ne pas y entrer essoufflé et, si possible, ne pas y provoquer une nouvelle panique générale. Je suis déjà le type le plus malmené des lieux, avec une moyenne d'un passage à tabac par semaine, je vais finir par faire pitié.

L'employé du guichet se lève avec de grands yeux effarés quand il me voit entrer, je lui dis bonjour comme si de rien n'était, comme si on ne s'était pas encore croisés aujourd'hui et que je n'avais pas assuré le spectacle il y a moins de deux heures. Il ne m'empêche pas d'entrer mais je sens son regard dans mes cheveux jusqu'à ce que je prenne à droite vers le coin lecture. Laurie est toujours sur sa chaise, les cheveux détachés, Platon sous le nez. Pas d'Irène à l'horizon.

– Enfin, te voilà, gémit Laurie. J'ai cru que cet homme allait te blesser. Est-ce que c'était ton père ?

– Il se pourrait que j'aie été échangé à la maternité, je lui oppose une paume prudente. Dans ce monde, on ne peut être sûr de rien. Où est Irène ?

– Ça ne s'est pas bien passé, pas bien du tout.

Elle me raconte tout par le menu : la convocation d'Irène dans le bureau du directeur ; des sermons assez puissants pour traverser la porte ; l'arrivée au pas de course de la respectable fille, ses propres enfants à la main ; la sortie en fanfare de notre amie, sa descendance dans son sillage comme une ribambelle de canetons indignés ; l'employé pelotonné à distance du guichet, et Super Mamie qui s'écrie : « Non mais regardez-moi ces petites natures d'intellectuels ! Une voix se hausse et ils accourent avec les extincteurs. » Au directeur : «Votre poltron de subalterne voit un jeune homme, qui plus est en pleine initiation littéraire, se faire gifler par son scélérat de géniteur, et il ne bouge pas. Quand j'interviens à sa place, là, là, il appelle la police. N'est-ce pas le monde à l'envers ? » Au poltron : «Vous êtes si jeune, mon petit, et le feu sacré vous est aussi familier que l'ancien franc. Je vous plains.» Et la fille d'Irène qui se tordait les bras, la traîtresse : « Je sais que ça n'excuse rien, messieurs, mais depuis la mort de mon père, elle semble, comment dire ? épidermique… » Super Mamie ne s'est pas laissé démonter :

« Écoutez cette pimbêche qui est embarrassée pour moi ! Mais de quel droit se met-elle à ma place ? Qu'elle lise ses classiques et on en reparlera. Enfin, elle foule ce sol de ses propres talons hauts, après tout le mal que je me suis donné en vain pendant des années pour l'y traîner quasi par les couettes. Qu'est-ce qui l'amène ici ? Les livres ? Les quoi ? Les comment dites-vous ? Allons, allons ! Elle vient s'excuser pour moi, pour moi qui, à son inverse, suis ici à ma place. »

Alors sa fille a parlé plus bas, pour l'obliger à se taire. Elle ne lui parlait pas à elle, mais au Bourdon. Elle a dit : « Soyez sans crainte, je veillerai personnellement à ce qu'elle ne vienne plus vous importuner, vous empêcher de faire votre travail, agresser votre personnel et vos lecteurs. Je prendrai toutes les mesures qu'il faudra. Pour commencer, je vais demander un diagnostic de la maladie d'Alzheimer, une aide à domicile, et s'il le faut, eh bien nous irons plus loin. Encore désolée pour tout ce dérangement, monsieur. Allez, maman, on rentre. »

– Kévin ? Laurie interrompt son récit. Tu pleures ?

Je hoche la tête, incapable de prononcer un mot, puis je la pose au creux de son cou et je sens ses doigts maladroits tapoter mes cheveux. « Allez, maman, on rentre. On rentre. On rentre. On rentre. » L'écho de cette phrase me harcèle. D'abord mon père vient m'arracher à cet endroit, puis la fille d'Irène vient l'y arracher à son tour. Mais Irène, comme moi, n'a nulle part où rentrer, à part ici ! Elle déteste vivre chez sa sorcière de fille et ce n'est pas chez elle, il y fait seulement chaud, mais ça ne suffit pas. Je l'imagine assise devant une fenêtre, un plaid sur les genoux, et j'imagine sa fille lui faire un lavage de cerveau : « Les vieilles dames ne prennent pas la défense des adolescents. Les vieilles dames tricotent, elles font des gâteaux pour leurs petits-enfants, elles jouent aux dominos dans des clubs, elles regardent par la fenêtre. Tu es une vieille dame, maintenant. Ce jeune homme n'est pas ton petit-fils, et il n'a pas le droit d'être ton ami parce que les vieilles dames n'ont pas d'amis adolescents. Les vieilles dames font des bocaux de légumes, elles lisent la nécrologie dans le journal local, elles adoptent un chien de petite taille, elles collectionnent les poivriers en forme de dauphin, elles regardent la télévision l'après-midi. »

Je ne peux plus m'arrêter de pleurer. Je n'ai pas honte et Laurie n'a pas honte de moi, elle pose des baisers de consolation sur mes joues trempées.

– Tu l'aimes beaucoup, pas vrai ?

– Il faut la délivrer, je dis.

17
SAC D'OS D'ADO DINDON À L'HÉMISTICHE

Les femmes sont-elles toutes manipulatrices ?

– Si nous sonnons à la porte d'Irène, m'explique Laurie, nous devons avancer à sa fille des arguments qu'elle puisse comprendre. Ne pas nous présenter comme des amis (ce qui tendrait à indiquer une régression de la vieille dame, que l'on soupçonnerait de retomber en enfance), mais comme ses protégés débordants de gratitude. Irène était autrefois la directrice de la bibliothèque et elle avait à cœur d'éveiller l'intérêt des plus jeunes pour la littérature. Si nous feignons de lui devoir notre goût pour les livres, sa fille pensera que les coups d'éclat dont elle s'est rendue coupable sont contrebalancés par son action efficace sur le jeune public que nous représentons, et cela suscitera sa clémence. Surtout si nous plébiscitons son retour.

Je me garde bien de préciser qu'en ce qui me concerne je n'aurai pas à feindre. Si mon oreille n'avait pas croisé la poigne de Super Mamie lors du premier coup d'éclat dont parle Laurie, je n'aurais toujours pas lu un seul roman. Et même si je n'en ai encore lu qu'un entièrement, j'ai changé de camp : je suis devenu un lecteur. J'ai toute la bibliothèque devant moi, alors qu'avant elle se trouvait sur le bas-côté de ma vie, à l'ouest, très loin. J'ai basculé sur une trajectoire qui ne contourne plus la bibliothèque. Je suis encore un petit nul qui bute sur les mots de plus de trois syllabes, mais j'avance.

– D'accord, dis-je, allons sonner chez Irène. Mais je te laisserai parler, je ne suis pas aussi fortiche que toi à l'oral.

Laurie pose la main sur mon poignet :

– Souvent, les poètes ne sont pas les meilleurs orateurs. Je songe à cette expression, « beau parleur ». Toi, tu es l'inverse d'un beau parleur, tu sais que la séduction est mensonge, tu préfères parler vrai que parler beau et je t'admire pour ça.

Après quelques secondes, je pense à refermer la bouche. Si elle avait raison, sans doute oserais-je lui avouer que je ne suis pas lettré comme elle l'imagine. Je lui apprendrais qu'elle admire seulement un personnage créé de toutes pièces par Irène et qui n'a de moi que l'apparence physique. Elle en déduirait que mon anorak n'est pas le modeste déguisement d'une âme raffinée, mais que j'ai pleinement ma place dans son rembourrage blanc synthétique tout tassé contre les coutures. Ses doigts s'enfoncent dans mon poignet.

– Tu sais ce que tu devrais faire ? s'emporte-t-elle. Tu devrais lui écrire un poème !

Comment suis-je censé sortir de cette mauvaise passe-là ? Aller sonner chez Irène pour lui demander de m'aider à écrire un poème que Laurie et moi viendrons lui offrir le lendemain ? Ou plus vraisemblablement escalader la façade de sa maison, heureusement pourvue de lierre grimpant sur des treillis pas trop moisis, trouver la chambre où elle est maintenue prisonnière et frapper à sa fenêtre avec un stylo bille ?

– Mieux, je propose, écrivons-le ensemble.

– Oh. (Laurie réfléchit.) D'accord, essayons. Qu'écrirons-nous ? Un sonnet ?

– Parfait, un sonnet. (Un dictionnaire, vite !) Mettons-nous bien d'accord sur les règles fondamentales du sonnet.

Elle lève le bras et se met à sautiller. J'ai réussi à réveiller la première de la classe en elle, à stimuler ses vieux réflexes.

– Attends, jappe-t-elle, je te les dis : le sonnet est un poème en quatorze vers, des… des alexandrins ! Il est composé de deux quatrains et deux tercets.

– Très bien, je l'encourage. Maintenant, rappelle-moi ce que sont un alexandrin, un quatrain et un tercet.

J'ai un peu honte de ma fourberie mais elle fonctionne plutôt pas mal, puisque les cours me reviennent tout doucement, comme un rêve dont un seul élément visuel suffit à vous rappeler toute l'histoire.

– L'alexandrin est un vers de douze pieds composé de deux hémistiches, le quatrain – une strophe de quatre vers – et le tercet – une strophe de trois vers.

Il ne manque à cette prestation que le « Chef ! Oui, chef ! » des soldats, et des astérisques pour les mots hémistiche et strophe, mais je vais me débrouiller.

– Parfait, acquiesce le colonel Pouchin. D'autres choses à savoir avant de se lancer ?

– Pas vraiment, nous avons la liberté de choisir des rimes plates, croisées, embrassées, redoublées, annexées, batelées ou brisées. Je pense que nous pouvons aussi prendre quelques libertés avec l'alternance des rimes féminines et masculines, si tu n'y vois pas une facilité.

– Non, on alterne si ça nous chante. Tu as du papier, des stylos ?

Pendant que le gentil soldat fouille son sac, je pousse le soupir le plus profond de ma vie, tellement profond que je sens ma peau adhérer à mes os comme un sac plastique mouillé. Il va maintenant falloir que je joue mon rôle ; il va falloir que je sorte de mon répertoire habituel pour composer sous le regard avide de Laurie une pièce d'anthologie. Je décide de faire à la guerre comme à la mer : plutôt que d'avancer millimètre par millimètre, je plonge tête la première.

Merci Irène à la canne d'escrimeuse
D'avoir voulu oublier les traces de chien que
Je me traîne sur ce sac d'os d'ado dindon et de
M'avoir montré de la littérature sérieuse.

– Je peux lire ton premier quatrain ?

Laurie trépigne d'impatience.

Ma main tremble en lui tendant la feuille raturée. Laurie la lit en marquant le rythme avec l'index pendant cinq vraies minutes, qui font trois cents secondes, soit une moyenne de dix secondes par mot, et je compte les *d* apostrophe. Je suis démasqué – à quoi m'étais-je attendu ? Les élans de génie ne se produisent que dans les films. Voilà, elle redresse la tête, son regard enfonce un long reproche dans le mien. Et maintenant, elle va parler.

– Je ne te pensais pas si…

Elle ne finit pas sa phrase. Elle cherche sans doute un mot assez fort, sans être injurieux, pour traduire fidèlement la répulsion que lui inspire mon imposture enfin révélée.

– Si affranchi, si avant-gardiste. Je suis sincèrement admirative, Kévin, sache-le. Mais… ce que je vais te dire n'entame en rien le profond respect que j'ai pour ton écriture, mais relève seulement de la stratégie. Tu as un esprit trop pur pour penser en ces termes et je risque de t'horrifier, mais n'oublie pas que mon seul but est de libérer ton amie – notre amie. Bien.

Elle secoue la tête, ennuyée.

– Je pense, Kévin, qu'Irène est une vieille dame aux goûts assez traditionnels et que sa fille trouvera crédible qu'elle te pousse à travailler des formes relativement conventionnelles. Pas forcément académiques à bâiller, entends-moi bien, juste un peu plus canoniques que ton texte, qui se joue des rythmes et de l'oralité avec l'agilité d'un Stravinsky, vois-tu ? Non, tu ne peux pas voir, tu es l'artiste. Mais moi, qui ne suis qu'une humble critique sans légitimité, je peux du moins, dans un esprit bassement pragmatique, entrevoir ce qui nous mènera au succès. Me laisserais-tu mutiler ton texte à mesure ?

– J'en serais enchanté, dis-je.

Et je lui baise la main, heureux de sa bévue et de la bonne volonté avec laquelle elle s'apprête à estropier mon supposé grand art pour lui donner une forme décente. Je continue malgré tout à m'appliquer. Je m'amuse bien. Je trouve des rimes assez fortiches, comme épier et pied, vie et dévie, et j'en tire un certain contentement, même si Laurie réduira ces fioritures en un tas de lettres comme un petit sac de Scrabble pour faire ronfler de belles phrases lisibles par Super Mamie. Laurie tremble autant que moi tout à l'heure quand, à son tour, elle me tend le fruit de ses innombrables ratures :

Sois quatre fois louée, Irène qui de ta
Canne altière fis des relents canins fi
Pour percevoir dedans les yeux d'un grand bêta
Où flottait un soupçon d'adolescent défi

L'âme d'un poète jusqu'alors incompris ;
Toi qui ouvris ta porte au passant éploré
Sans condescendance, raillerie ni mépris
Et qui prodiguas plus qu'un asile paré

De chocolat chaud et de verts Chamallow
Au singulier jouet d'un destin sans héros,
Lui ouvrant de vastes perspectives mentales,
L'affranchissant de tous ses familiaux tabous
Pour lui révéler sa vocation viscérale
De poète voué à éclairer les fous.

– Pas mal du tout, je hoche la tête. Tu n'as pas à rougir de ton travail, seulement de sa piètre lisibilité. Tu recopies tout ça pendant que je vais dire bonne nuit aux urinoirs ?

À la fermeture de la bibliothèque, j'ai la tête en essoreuse à salade et l'impression de porter un costume d'un autre siècle, du genre qui s'assortit d'une perruque poudrée et d'une mouche sur la pommette. Je ne suis plus très sûr d'être le père idéal pour les futurs enfants de Laurie – cheveux détachés ou pas –, je n'ai rien contre elle, mais je n'ai rien non plus de ce qu'il lui faut. Notre fils s'appellerait sans doute Théodule, il pousserait son premier cri en grec antique et réclamerait sa tétée avec un « Je vous prie » ; notre fille s'appellerait Constance, elle écrirait sa première thèse avec des pâtes alphabet à l'âge de trois ans, pour se délasser les doigts après le cours de flûte traversière. J'ai presque envie de rentrer me bourrer la panse de chips au vinaigre et de jambon irisé Premier Prix devant une émission où des blondes des villes draguent des fermiers à moustaches. Je viens d'avoir quinze ans, m#$§ ! ! j'ai le droit de parler sans subjonctif imparfait. Laurie glisse son bras sous le mien.

– Tu sembles terriblement préoccupé, dit-elle.

Nous traversons le parc, à destination de chez Irène. Sous le kiosque, cinq gros durs écoutent du rap commercial très fort sur un téléphone portable posé par terre entre leurs bières mais nous ne leur prêtons aucune attention et ils ne nous insultent pas, ne nous jettent pas de canettes vides, n'imitent pas des bruits de bisous dans le style ventouse. Comme si l'indifférence rendait invisible : la recette de la paix...

– Tu es contrarié ? insiste Laurie.

– Oh non, seulement... c'était une épreuve pour moi. Je n'ai pas l'habitude d'écrire avec quelqu'un d'autre.

Mensonge par ajout : plus quatre mots.

– Tu trouves que j'ai dénaturé ton texte ?

– Non, non, j'aime.

Je ne précise pas « beaucoup plus ta version ». Je mens donc par omission : moins quatre mots – me voilà quitte.

– Je suis sûre que tu seras récompensé pour l'abnégation que tu viens de manifester. Sacrifier son style à une cause juste, ce n'est pas honteux. Dans le cas qui nous occupe, j'estime que tu as agi avec noblesse. Et n'oublie pas, ne sois pas trop impulsif, il va falloir jouer finement et faire preuve de patience. Nous déposons le poème et nous disons : « Merci madame, encore désolés de vous avoir importunée, bonne soirée » et ensuite, nous attendons les retombées. Irène comprendra notre message, et elle a suffisamment de ressources pour en tirer le meilleur parti.

– Bien reçu, je maugrée.

Je n'ai décidément pas l'habitude qu'on m'adresse autant de phrases ; je manque de concentration, d'endurance. Pitié, donnez-moi des nounours en gélatine, des biscuits ramollis trop salés qui sentent le placard, une émission sur des jeunes casseroles qui veulent chanter dans des stades. Et puis non, tiens. Du silence. Donnez-moi juste du silence.

18
DEUX CRUCHES

Je me repasse souvent la scène, pour vérifier que tout s'est passé conformément aux plans de Laurie : nous avons sonné à la porte d'Irène, sa fille est venue nous ouvrir, elle a cru qu'on vendait des tickets de tombola et nous a dit d'attendre pendant qu'elle allait chercher son porte-monnaie.

– Non, madame, Laurie l'a vite détrompée, nous ne venons pas pour la tombola du collège. Nous venons donner à madame Irène un poème que nous avons écrit pour elle.

– Vous connaissez ma mère ?

– Elle s'occupe de nous à la bibliothèque. Vous savez, les employés ont trop à faire pour nous apporter le soutien personnalisé que requiert notre initiation à la littérature et à l'écriture, aussi votre mère pourvoit-elle à nos besoins.

Elle en faisait trop. Plus elle versait son discours alambiqué sur le perron, plus sa teneur perdait de vraisemblance. Sans compter l'effet hypnotique de son débit de paroles sans grumeaux, qui en trois secondes vous aurait étendu raide un bison d'une demi-tonne. J'ai dû intervenir.

– Ouais, j'ai dit, elle nous fait lire des trucs qu'on connaît pas, plus chouettes que ce qu'on doit lire au collège, et aussi elle nous aide à comprendre les mots difficiles et à les mettre dans d'autres phrases sans que ça sonne faux.

Laurie me fixait de ses grands yeux horrifiés, la fille de Mme Irène clignait de longs cils ébahis. J'en ai un peu rajouté :

– Grammaticalement.

– Elle fait ça ? m'a-t-elle demandé.

– Ouais, m'dame, et elle nous donne des exercices. À la rentrée, les cours de français passeront mieux !

J'ai poussé un rire benêt en dévoilant exprès mon incisive fêlée.

– Parce que la prof dit toujours qu'on est désespérants mais madame Irène, elle nous a montré qu'on pouvait faire aussi bien que n'importe qui. Regardez vous-même le poème qu'on vient d'écrire pour elle ;

jamais on n'aurait essayé d'en écrire le premier alexandrin si elle ne nous avait pas prouvé qu'on pouvait le faire.

J'ai arraché la feuille aux doigts crispés de Laurie.

– Notre dame Chamallow de la Bibliothèque, a lu la fille d'Irène.

– C'est elle, j'ai hoché la tête, je l'appelle comme ça. Vous pouvez lui donner ce poème de notre part ?

Elle n'a pas dit « Attendez, je vais l'appeler » comme nous l'espérions. Elle a pris le poème, nous a souhaité une bonne soirée en fermant la porte, et nous avons traversé d'un pas réticent le jardinet à l'avant de la maison. À l'étage, aucune fenêtre n'était illuminée. Nous avons formulé de nombreuses hypothèses, que nous avons éliminées les unes après les autres.

Si elle s'était trouvée au rez-de-chaussée, Irène aurait entendu nos voix, les aurait reconnues et serait venue à nous. Sauf si elle était prostrée par sa mise au ban de la bibliothèque, ou très en colère contre nous. Mais elle n'était pas du genre à se laisser abattre, plutôt à tailler dans le vif du bout de sa canne. Et elle ne nous aurait pas tenu rigueur d'un acte que nous ne lui avions pas dicté, elle est bien trop intègre pour ça. Elle n'était donc pas au rez-de-chaussée quand nous avons parlé avec sa fille.

Mais si elle s'était trouvée dans une pièce à l'étage, Irène aurait été en train de lire, et la lecture après six heures du soir au mois de février requiert un éclairage. Irène n'était donc pas à l'étage non plus. Sauf si sa fille, son gendre, les enfants ou toute la clique étaient de dangereux psychopathes et l'avaient ligotée et bâillonnée dans sa chambre pour ne plus entendre ses citations littéraires – auquel cas on pouvait aussi l'imaginer dans la cave ou le grenier. Mais sa famille semblait plus procédurière que criminelle. Sa fille avait parlé de consultation, d'aide à domicile, fait sournoisement planer la menace de l'hospice, et non employé des termes tels que « ça va barder », « elle le regrettera » ni quoi que ce soit qui évoque la violence physique.

Le plus plausible était qu'Irène soit de sortie ce soir-là, ce qui expliquerait aussi pourquoi sa fille ne nous avait pas proposé de lui remettre en main propre notre œuvre poétique. Nous imaginions mal Irène faire les courses, un billard ou quoi que ce soit avec son gendre. Et s'il l'avait emmenée chez un spécialiste pour qu'il tente de déceler un Alzheimer ? D'après Laurie, ce genre de rendez-vous ne se prend pas en deux ou trois heures. Nous étions perplexes. Et s'ils l'avaient emmenée dans une maison de retraite avant même de lui avoir fait passer les tests ? Je serrais les poings. Impossible, m'affirmait Laurie. Une maison de retraite, ça se choisit encore plus méticuleusement qu'un village de vacances, parfois les listes d'attente sont très longues et les formalités elles-mêmes prennent des semaines.

– Rentrons, a conseillé Laurie, nous en saurons plus demain. Il y a nécessairement une explication très simple que nous ne pouvons pas connaître. Si notre amie avait une séance de kiné un soir par semaine, penses-tu que nous serions au courant ? Elle rirait sans doute de nous voir paniquer pour si peu. Elle ne peut pas avoir disparu.

Nous sommes donc rentrés. Mais le lendemain, nous n'en avons pas appris plus sur l'endroit où se trouvait dame Chamallow, ni le jour d'après, ni le suivant. Nous sommes aujourd'hui dimanche, je me suis rejoué ce film du mardi soir des centaines de fois sans trouver de nouveaux indices ; j'ai écumé le parc sans jamais y croiser le chemin d'Irène ; je me suis fait des escarres sur ma chaise de bibliothèque et jamais, quand je levais la tête de mon livre, je ne découvrais face à moi son visage facétieux prêt à me décocher un clin d'œil ; j'ai erré autour de sa maison comme un troubadour avec un chat dans la gorge. Irène a bel et bien disparu.

Hier, Damien est rentré de chez sa grand-mère. Il a téléphoné à l'appartement alors que j'allais me mettre en route pour la bibliothèque, et m'a proposé de venir passer l'après-midi chez lui.

– J'ai un nouveau jeu de société, il devrait te plaire, il n'est ni trop compliqué ni trop simple, et c'est tordant.

– Merci pour l'invitation, vieux, mais j'ai d'autres projets, là.

Je n'ai pas précisé lesquels parce que des oreilles espionnes traînaient dans le salon.

– Demain alors ? il a insisté.

Je n'avais pas tellement le cœur à jouer mais je ne voulais pas non plus perdre l'un de mes derniers amis alors j'ai accepté. Et cet après-midi, je reste figé plusieurs minutes sur le seuil avant de sonner, bien que des exclamations joyeuses me parviennent à travers sa porte. Curieusement, elles me rendent encore plus mélancolique. Finalement, j'appuie. Il le faut bien.

– Enfin, te voilà ! dit-il. On n'attendait plus que toi.

– Bonjour Kévin, m'accueille sa mère. Tu as passé de bonnes vacances ?

– Oui, madame, merci.

– Je suis en train de préparer du chocolat chaud,

chantonne-t-elle. Avec du vrai chocolat noir fondu. Tu aimes ça ?

– Bien sûr.

Je la regarde verser du lait dans la casserole où le chocolat fondu tord son épaisse pâte sombre et me fais la réflexion qu'elle ne servira pas le chocolat dans deux cruches comme au café où m'a emmené Irène lundi après-midi. La veille de sa disparition. Je frémis.

– Tu faisais quoi, hier ? me demande Damien.

Pas étonnant qu'il me pose la question, ce n'est pas comme si mes parents étaient du genre à emmener leur progéniture dans des clubs ou à des spectacles comme les siens, et ce n'est pas comme si ma vie sociale était très accaparante. Je décide de ne pas lui mentir.

– J'étais à la bibliothèque. J'ai fini un livre, *Frankie Addams*, et j'ai écrit un poème avec Laurie.

Il éclate de rire et me donne une grande tape sur l'épaule.

– T'es con, s'esclaffe-t-il.

– Damien ! le reprend sa mère.

– Non mais sans blague, tu faisais quoi ?

– Ce que je t'ai dit. Est-ce que j'inventerais un titre comme *Frankie Addams* ?

– C'est qui ? Un chanteur de variété ? Une star du catch ?

– C'est un roman de Carson McCullers, s'indigne la mère de Damien. Il est au programme ?

– Je le saurais, dit Damien, vexé. Et depuis quand tu lis des romans ?

– Depuis le début des vacances.

– Et depuis quand tu écris des poèmes avec ma rivale ?

Sa mère éclate de rire en touillant dans la casserole avec une grande cuillère en bois.

– C'est ma faute, Kévin, s'il appelle cette pauvre Laurie sa rivale. Quand il me dit ses notes, je demande toujours : « Et Laurie ? » Mais ce n'est pas une raison pour la prendre en grippe… Tu t'entends bien avec elle, Kévin ?

– Quand elle ne s'écoute pas parler pendant des heures.

– Il faudra quand même que tu me racontes ce qui t'est arrivé pendant ces vacances, me dit Damien.

– Damien, tu deviens offensant ! Pourquoi Kévin ne lirait-il pas comme tout le monde ?

– Parce que ce n'est pas un sport familial, madame, ni mon hobby le plus notoire.

Damien me sourit, heureux que je vole à son

secours, rétablisse la justice en cette cuisine et lui démontre ainsi que je suis toujours son ami, malgré ma métamorphose hivernale.

Une fois le chocolat chaud dans les tasses, le père de Damien et sa sœur nous rejoignent dans le salon et nous jouons tous ensemble autour de la grande table, sur une nappe en tissu repassée. Nous grignotons des biscuits sablés et nous essuyons les mains dans des serviettes en papier avant de toucher à nos jetons.

Quand je sors de chez eux, la nuit commence à tomber mais mon humeur est moins sombre. Je les remercie chaleureusement, puis mon cœur se pince un peu quand Damien me dit à demain : je n'ai pas très envie de penser au collège qui bientôt me privera de la bibliothèque. Plutôt que de rentrer chez moi, je décide d'aller sonner chez Irène. Laurie et moi avons un peu hâtivement désigné sa fille comme l'ennemie, mais elle seule sait où se trouve Irène, et si elle reste l'ennemie, elle ne nous dira jamais où elle se cache.

– Oh, vous êtes le jeune poète, sourit-elle dans l'entrebâillement de sa porte. Ma mère a bien reçu votre texte, qu'elle a beaucoup aimé, et elle m'a chargé de vous remettre une lettre si je venais à vous revoir. Attendez un instant, je vais la chercher.

Je n'ai pas prononcé une syllabe, pas bougé un muscle. Un vrai garde de Buckingham Palace.

19
CAKES RASSIS ET APOLLON DES BERMUDES

Chers Kévin et Laurie,

Merci pour votre charmant poème. Il me prouve que j'ai bien fait de voir en vous une relève locale de premier ordre dans ma lutte pour la survie des belles-lettres. Il me montre aussi que vous tenez à votre vieille amie autant qu'elle tient à vous, et j'en suis profondément émue. J'ai également cru voir dans ce geste aussi soudain qu'inattendu l'amorce d'un plan d'évasion. Ce poème est très certainement la lime cachée dans le pain qui parvient au prisonnier. Hélas, je n'ai pu scier mes barreaux, pour la simple raison qu'ils ont très rapidement, en ce funeste mardi soir, changé de physionomie.

À notre retour chez ma fille, il fut décidé que je passerais chez ma sœur les quelques temps nécessaires à l'obtention d'une stalle dans une maison de retraite. Ma fille ne supportait plus, en effet, mon comportement un peu trop militant à son goût et ce soir-là j'avais l'impression d'avoir levé la patte sur la haie des voisins tant elle avait honte de moi.

Je ne devrais pas trop me plaindre pour l'instant. Ma sœur est une vieille bique, comme moi, mais du moins quand nous bataillons, c'est pour des questions essentielles relatives à la littérature, aux beaux-arts et à la grande musique, sur lesquels nous ne partageons pas toujours les mêmes vues. Je suis donc en partie soulagée de m'être réfugiée chez elle, même si par ailleurs vous me manquez.

Quand sera venu le jour de poser ma maigre valise dans le mouroir où ma fille et mon gendre estiment qu'est désormais ma place, mes chéris, il me sera sans doute plus difficile de garder mon plus beau sourire. Imaginez un peu, si la petite bibliothèque du lieu ne propose pour toute lecture que Mon Apollon des Bermudes *et autres joyeusetés dont je laisse Kévin imaginer les titres (il le fait si bien), il ne me restera plus qu'à regarder, par ma fenêtre, le monde poursuivre sans moi sa ronde ensorcelante, à supposer que ma fenêtre ne donne pas sur un parking ou sur de longs toits blancs et plats, comme c'est souvent le cas dans les hôpitaux.*

Mais je dois avouer que je partage le soulagement de ma fille. Nous avons suffisamment cohabité, souvent pour le pire. Ma grand-mère disait souvent « Changement de pâture réjouit les bœufs ». Aujourd'hui j'aime penser que le changement de geôle réjouira la prisonnière que je suis, punie de n'être pas une mamie à bichon et télécommande.

Peut-être, si mon prochain et ultime domicile me ramène plus près de vous, pourrez-vous venir m'y dire au revoir et me souhaiter bonne chance. Je ne manquerai pas de partager avec vous les cakes rassis moulés dans l'alu qui, à n'en pas douter, m'y écherront.

En attendant, ne soyez pas trop tristes pour moi – mais ne m'oubliez pas non plus, petits mécréants. Lisez, écrivez encore d'autres poèmes et envoyez-les-moi directement chez ma sœur (à l'adresse indiquée sur l'enveloppe), je vous promets d'être leur plus sévère et néanmoins bienveillant juge.

Portez-vous bien, mes petits.

Affectueusement,

Irène Moreau

P-S : Kévin, n'hésite pas à m'envoyer ton compte-rendu de Frankie Addams. *Pour la suite, que te conseiller ? Il y en aurait tant… Pourquoi pas* La harpe d'herbe, *de Truman Capote ? On dirait que la littérature américaine te réussit plutôt bien.*

20
JOLI-CŒUR, HÉROS D'UN SOIR

J'ai lu la lettre d'Irène devant la maison de sa fille, je n'avais pas la patience d'attendre. J'aurais sans doute dû me faire violence : si je m'étais éloigné de deux ou trois rues, je n'aurais pas fait aujourd'hui mes débuts dans la délinquance. Ce soir, j'ai déterré un arbuste dans le jardinet des tortionnaires. Ça m'a pris un temps inestimable tellement les racines tenaient ferme, je tirais et tirais sur la plus grosse branche, je suais et suais et je me sentais aussi gracieux qu'un sumo. Finalement, je l'ai extrait du sol et je l'ai laissé couché sur la belle pelouse, ce pauvre truc taillé comme un caniche et qui n'avait rien demandé à personne. J'avais tant de rage que je ne distinguais plus le bien du mal, le juste de l'arbitraire. Je me console en me disant qu'il suffira au gendre d'Irène de le replanter, et qu'avec un peu de chance ça lui filera des engelures. Ma colère est restée accrochée aux minuscules feuilles drues de ma victime, et je suis seulement triste.

Une fois de plus, je ressens le besoin de confier ma tristesse pour mieux la digérer, aussi je me dirige vers la maison de Laurie, la lettre dépliée au bout du bras comme un sac de courses. J'en aurai écrasé, des sonnettes, aujourd'hui, un vrai témoin de Jéhovah.

– Tiens, Kévin ! s'exclame la mère de Laurie. Quelle bonne surprise… Ton nez va mieux, on dirait ?

– Oui, il est tout à fait rétabli.

– Très bien. Veux-tu faire une surprise à Laurie ? Elle est dans sa chambre. Tu montes l'escalier, et ce sera juste en face de toi – tu ne peux pas te tromper, il y a un portrait de Baudelaire sur la porte.

Hagard, j'observe son visage mais elle ne semble pas plaisanter, elle m'encourage vraiment à rejoindre sa fille dans sa chambre. Elle n'a jamais vu de reportage sur les adolescents ? Elle n'a aucune inquiétude ? Une chose dont je suis sûr, c'est que jamais elle ne laisserait monter un Pimpette, ni Loïc Huc, en tout cas pas sans surveillance. Est-il tellement flagrant que je relève du genre mauviette ? Je gravis l'escalier, presque froissé, et frappe sur le nez de Baudelaire, puisque c'est son nom.

– Entrez, répond la petite voix précieuse de Laurie. Ça alors ! Mes parents savent que tu es là ?

Elle croise les bras comme elle refermerait un peignoir sur son corps nu.

– Évidemment, je ne suis pas rentré par la fenêtre de la salle de bains après avoir escaladé une gouttière.

– Alors c'est aujourd'hui que…

Elle penche la tête vers l'épaule, qu'elle lève en même temps, l'air de dire « Tu sais bien de quoi je veux parler ». Et dans un éclair de génie, je le vois soudain.

– Euh… Si tu es prête… je réponds.

– Qu'est-ce que c'est ? elle désigne la lettre d'Irène. Un nouveau poème ?

Je secoue la tête et jette à l'écriture fine et serrée d'Irène un dernière regard avant de tendre la feuille à Laurie. Pendant qu'elle lit, j'observe le décor si sage de la bonbonnière qui lui sert de chambre, et je suis surpris qu'une fille aux préoccupations si intellectuelles possède, juxtaposés à une étagère à quatre rayons déjà pleine de livres, un lit à baldaquin mauve, des aquarelles représentant des scènes champêtres où des couples en costumes d'époque (je ne sais pas laquelle au juste) se promènent chastement, main dans la main, sous le regard attendri d'une biche et d'une colombe. Le télescope en position devant sa fenêtre ne m'étonne pas ; le monticule de peluches à divers stades d'usure, beaucoup plus.

– Pauvre Irène, quelle affreuse histoire.

Laurie lève vers moi un regard douloureux.

– Oh, et pauvre chéri !

Elle s'approche de moi et incline exagérément la tête pour approcher ses lèvres des miennes, sans parvenir à empêcher une collision suffisamment forte pour réveiller la douleur dans mes cloisons nasales. Je reste stoïque. Ses lèvres atterrissent sur les miennes à angle droit, c'est doux et chaud, tendre, voire un peu mou. J'aime bien. Je souris quand je découvre les joues intégralement roses de Laurie, une inondation d'innocence trop forte pour se limiter à ses pommettes. Après ça, elle fait comme si rien ne s'était passé, comme si je n'avais pas été là pendant la chose.

– Je n'ai pas encore lu le P-S, dit-elle.

Ces mots si anodins me font l'effet d'une décharge électrique : le P-S ! Je l'avais oublié, celui-là. Irène n'a pas pensé à tout. Dans ce petit paragraphe, elle me trahit.

– Irène choisit tes lectures ? chevrote Laurie.

Bingo. Je n'ai d'autre choix que de raconter à Laurie comment tout a commencé. Je le fais donc, sans omettre plus de deux ou trois détails (tous liés à l'image que j'avais autrefois de Laurie) ; je lui expose aussi ma théorie de ma trajectoire qui, déviée par les soins d'Irène, ne contourne plus la bibliothèque. Je bredouille beaucoup, m'excuse abondamment : « Tout ceci explique mon mensonge sans pour autant le justifier, je sais bien », mais Laurie ne s'attarde pas sur ce point. Plus que tout le reste, l'intriguent les allusions d'Irène à la doublure de mon anorak et à la menace parentale pesant sur mes lectures et sur ma santé. Chez elle, la curiosité est encouragée, la culture est un faire-valoir bien plus important qu'une marque de voiture ; mais aucun des livres qu'elle ingurgite ne lui a jamais parlé des gens comme nous, les Pouchin, aucun ne l'a préparée à des réalités aussi décevantes. Alors c'est à moi de le faire. Je parle encore plus abondamment que ne l'a jamais fait Laurie.

– Tu es un héros, soupire-t-elle.

Elle joint les mains devant le menton et dans ses yeux pétillent des lueurs que je ne saurais attribuer à l'émotion, à l'admiration ou carrément à des larmes.

– Il est presque neuf heures, dis-je. Je vais te laisser. Bon, euh, à demain.

Je me demande s'il faut que je l'embrasse encore mais elle reste assise au bord de son lit alors je trébuche jusqu'à sa porte.

– À demain, Kévin. Mon héros, murmure-t-elle avant que je ne referme sa porte.

La famille aura fini de dîner quand l'ascenseur me déposera devant le paillasson ; je parie que personne n'aura pensé à me laisser une pomme noisette ou une couenne de jambon. Les biscuits sablés que j'ai mangés chez les parents de Damien remontent à plusieurs heures et mon ventre crie, d'autant que les émotions fortes, ça creuse encore plus que la piscine. Il restera peut-être du pain, je pourrai mettre de l'huile dessus, ou de la crème saveur fromage. Quand la boîte en fer s'arrête en vibrant au huitième étage, je ne suis plus qu'estomac. C'est un estomac qui pousse la porte de l'appartement, où règne un calme suspect.

– Ah ! Il est là !

Je sursaute à ce cri en provenance du tréfonds des tripes maternelles.

– Mais où t'étais passé ? Ton père et ton frère sillonnent le quartier avec la BM. On te croyait mort. Damien nous a dit que tu étais parti de chez lui il y a trois heures.

Océane nous rejoint et lâche à son tour un grand Ah de soulagement, Éva se jette sur mes jambes et les enserre dans ses bras de sorte que je dois esquisser des moulinets pour ne pas tomber à la renverse. J'écoute, interloqué, l'inventaire des forces mobilisées que poursuit ma mère.

– … et le père de Damien a un copain gendarme qui a demandé ton signalement…

Mais quelque chose ne me semble pas naturel. Quelque chose d'anormal se passe ici.

– … et ta grand-mère a déjà appelé tous les hôpitaux.

Enfin je comprends. La voix de ma mère, trop essoufflée pour avoir son habituel sifflement suraigu, ne me fait pas mal aux tympans, voilà ce qui me donne cette impression d'étrangeté. D'ailleurs, tout en m'inondant d'informations, la mère garde une main posée sur la poitrine.

– Tu n'es pas malade, m'man ? je l'interromps. Tu as mal au cœur ?

– Non, je suis pas malade. Écoutez-moi cet animal ! Tu ne te rends vraiment pas compte de la trouille qu'on a eue. On te croyait mort, je te dis, ou fugué je ne sais où, avec tous les types louches qui traînent. Faites des enfants, je vous jure ! Que des tracas ! Où t'étais ? Océane, appelle ton père et dis-lui qu'il peut rentrer. Attends-toi à un bon savon, Kévin, ton père aime pas qu'on lui fasse des frayeurs pareilles.

Est-ce qu'on lui passe un savon, au père, quand il disparaît ? Et quand ça lui prend, ça dure plutôt trois semaines que trois heures… N'empêche que je me sens comme un roi, avec ces trois femmes si heureuses de me voir, à croire qu'elles ne pourraient pas vivre sans moi. Pourtant, ce matin encore, j'aurais pu faire la roue avec une guirlande électrique et personne ne l'aurait remarqué.

– J'étais chez Laurie, p'pa. Tu peux demander à sa mère, c'est elle qui m'a dit de monter dans sa chambre.

Je grelotte dans l'ombre de ses épaules massives et des anses que dessinent ses bras pliés, les poings enfoncés dans les hanches.

– Dans sa chambre, il répète. Alors ? sa voix se fait tout miel. Ça y est, fiston ?

Je retire ce que j'ai toujours affirmé : une tape virile ne fait pas aussi mal qu'une dérouillée en règle. L'intention atténue quelque peu la douleur.

– Tu l'as mis au courant sur les moyens de contraception ? crie ma mère depuis la cuisine.

Au secours…

– Au collège, des infirmières passent dans les classes pour tout nous expliquer, Océane me sauve d'un moment de pure horreur.

– Ouais, ben ça vaut mieux.

La mère me darde un regard lourd de reproche en déposant un plateau sur la table basse du salon – dessus, cinq bols de soupe (je reconnais le fumet du velouté de légumes Premier Prix), un pain tranché dans un sac plastique transparent et une plaquette de beurre doux.

– Vous n'avez pas encore mangé ?

Mon estomac s'illumine.

– Tu crois peut-être qu'on avait faim ? On était fous d'inquiétude pendant que monsieur Joli-cœur faisait des ravages dans la chambre d'une jeune fille…

– La classe, Jonathan hoche la tête.

À table, je suis la vedette de la soirée. Je suis fêté par les hommes, boudé par la mère, examiné des pieds à la tête par une sœur incrédule, tandis qu'Éva colle des petits baisers pleins de soupe sur mes joues toutes les deux minutes. Je n'ai pas vraiment menti, qu'y puis-je, si ma famille a l'esprit mal tourné ? Tirer gloire d'une incompréhension ne fait pas de vous un menteur, que je sache.

21
LES PORTES DU SAVOIR

Les grandes vacances ne m'ont jamais porté aussi loin du collège et de ses thématiques que ces deux semaines d'hiver qui s'annonçaient mortelles – options mort de froid ou mort d'ennui. Au début, j'avais presque hâte que la rentrée arrive, hâte de retrouver le confortable engourdissement des fonds de classe, collé au radiateur, bercé par le ronronnement des voix professorales. Tout cela me semble si loin, presque dans une autre vie. Dès le réveil, j'ai tâché de me représenter ce qui m'attend aujourd'hui, et il m'a fallu plusieurs minutes pour me rappeler le prénom de Brandon Pimpette. Tout y est passé – Dylan, Donovan, Jason, toute la clique de *Berverly Hills*, et finalement le Brandon Pimpette m'est revenu comme une mélodie longtemps oubliée. Je ne me sens plus concerné ; je n'arrive pas à penser qu'il existe, entre le monde des Pimpette et le mien, la moindre intersection. Il faut pourtant m'y faire : dans une demi-heure, mes cheveux accueilleront certaines des boulettes de papier baveux que ces gamins attardés aiment souffler à travers la classe avec, en guise de sarbacane, un stylo bille privé de sa goupille et de son tube encreur, et je devrai bien y mettre les doigts pour m'en débarrasser.

Damien reprend vite ses bonnes vieilles habitudes. À peine ai-je tourné au coin de sa rue qu'il sort de sa maison comme le parapluie d'un fusil de farces et attrapes, ployant sous un sac à dos format sac de couchage. Je le soupçonne d'emmener chaque jour tous les cahiers et tous les livres de tous les cours (au cas où), et de transporter en prime tous ses devoirs déjà corrigés de l'année (au cas où). Il finira bossu avant d'être docteur ès quoi que ce soit. S'ils n'étaient pas rivaux en cours, Laurie et lui seraient bons à marier.

– Ben alors, où tu étais hier soir ? Tu nous as tous inquiétés.

– J'étais chez Laurie.

– Amis de la poésie, il s'esclaffe. Il serait temps que tu me racontes les circonstances de ta métamorphose, mon cher.

Pour un gars qui ne s'était jamais confié avant les vacances (faute de secret), ça fait pas mal d'épanchement d'un coup. Je livre à Damien le même récit qu'hier soir à Laurie, sans m'attarder sur l'aspect social de ma petite histoire. Damien est déjà venu à l'appartement, il connaît le tableau.

– Hein, je lui demande, inutile de planter le décor ?

– Ça devrait aller...

Embarrassé, il rentre la tête dans les épaules. De dos, il doit avoir l'air d'un cube avec des après-skis. Finalement, les grilles du collège se dressent devant nous, à moins de cent mètres. J'enfonce deux doigts dans ma bouche en poussant un râle dégoûtant.

– Kévin !

Damien et moi nous consultons avant de chercher la source du piaillement.

– Kévin !

Les deux mains et la tête de Laurie dépassent de l'Abribus, le reste de son corps caché par une pub pour des jeans censés faire de vous des légendes vivantes au torse nu. Tandis que nous nous dirigeons vers sa planque, je me demande si elle m'a vu faire semblant de vomir. Comme Damien, elle porte le bonnet enfoncé jusque sous les sourcils.

– Salut, Damien, rosit-elle. Hmm. Salut, Kévin. Je préférais que l'on se dise bonjour avant d'entrer, enfin je… Voilà.

– Qu'on se dise bonjour, je répète. Comme hier soir ?

– Je ne sais pas…

Elle ne grimacerait pas plus si on était en train de lui brûler une verrue.

– Oh, sursaute Damien. Je viens de comprendre. Je vous attends un peu plus loin.

La deuxième fois, je perçois mieux la saveur des lèvres, la manière qu'elles ont de fondre, perdant leur fermeté pudique contre les miennes. Je découvre que Laurie utilise un dentifrice à la fraise. Une vraie fille. Je trouve ça très agréable.

Nous traversons prudemment la cour, la tête basse mais les yeux extrêmement mobiles. Si nous étions des chats, nos oreilles aussi frétilleraient et nos ventres caresseraient le sol. Au collège, on n'est jamais à l'abri d'un projectile, d'une insulte, et ce sont les moins populaires qui se tiennent au centre de l'espace, pour éviter les groupuscules qui se forment dans les coins et sur les côtés. Ici, qui dit rassemblement dit complot, dit mauvaises intentions, dit embrouilles.

– Oh, Laurie brise notre silence, Alicia est arrivée. Je vais aller lui expliquer qu'elle doit te céder sa place.

– Quoi ? je m'étrangle.

– Si tu es mon petit ami, j'apprécierais que tu sois assis à côté de moi en cours. Mes grands-parents font chambre à part, et pour moi c'est le signe alarmant que leur relation s'étiole.

– On ne va pas déjà s'étioler, toi et moi, je gesticule en tous sens. On verra ça quand on devra décider qui va chercher les enfants après le travail, pour l'instant la distance ne fait que renforcer l'envie de te retrouver.

– Tu ne vas tout de même pas commencer à faire ton beau parleur ?

– D'accord. Alors, voici le fond de ma pensée : il est hors de question que je m'assoie au premier rang. Les profs verraient que je bave dans mon sommeil et les Pimpette m'achèveraient à la première récré.

– Tu as raison, elle tord la bouche. Je veux faire ce qu'il y a de mieux pour toi. C'est donc moi qui viendrai m'installer près de toi au quatrième rang.

– Et moi, alors ? couine Damien.

– Il ne faut pas mélanger l'amour et le travail, j'en rajoute.

– Formidable, répond sèchement Laurie. Nous en parlerons ce soir. Mais sache d'emblée une chose, elle brandit l'index devant mon nez fragile, je ne tolérerai pas que tu aies honte de moi, pas même devant les Huc et Pimpette. *Verstanden ?* elle prend son plus bel accent allemand.

J'éclate de rire.

– Mais je n'ai pas honte ! Excuse-moi, je vais essayer de perdre cette nouvelle habitude de mentir en pensant ménager tout le monde. Je ne veux tout simplement pas laisser Damien, qui est mon meilleur ami depuis la maternelle, tout seul à une table. Il ne bavarde pas tellement en classe mais je lui fais une présence, comme un petit animal domestique.

– Enfin, tu parles vrai, rayonne Laurie. Et toujours avec cette noblesse de cœur que j'admire tant en toi, mon héros.

Elle se laisse tomber dans mes bras, et ses lèvres se posent sur les miennes sans dommage nasal. Nous commençons à maîtriser la manœuvre. Des salves de rires gras, de sifflets et d'obscénités fusent un peu partout autour de nous. Je ne doute pas un instant qu'ils nous soient adressés. L'indifférence n'est pas toujours la clé de l'invisibilité, mais je décide de persister malgré tout. Peut-être est-elle au moins la clé de la sérénité. Peut-être même nous vaudra-t-elle le respect des imbéciles… La sonnerie retentit.

– C'est parti, Laurie pousse un soupir extatique. Les portes du savoir s'ouvrent à nous.

Elle se met en route, laissant son cartable (le même qu'à l'école primaire) se balancer gaiement au bout de son bras.

– Je crois qu'il me faut un whisky, m'annonce Damien.

22
VERSATILES

Je tressaille.

– Kévin Pouchin !

Je m'ébroue de ma torpeur. À entendre les rires de toute la classe, ce n'est pas la première fois que Mme Saumure m'interpelle.

– Désolée de vous réveiller, dit-elle.

Je ne dormais pas, je pensais à la dernière lettre d'Irène, celle qui est arrivée chez Laurie hier et que je viens de lire pendant la récréation. Celle où elle m'apprend l'imminence de son entrée dans un hospice de notre ville. Elle n'aura connu qu'un court répit chez sa sœur. Laurie disait que ça prendrait des mois, mais un seul a suffi à une prof d'EPS dynamique pour trouver un clapier où cloîtrer sa mère.

– Kévin Pouchin ! C'est tout de même quelque chose…

La classe pleure de rire, certains se tiennent le ventre avec des grimaces de douleur tant le spectacle les ravit.

– Excusez-moi, madame.

– Votre sommeil parle pour vous. J'ai bien été obligé de gratifier votre copie d'un 18. (Clameur unanime, suivie d'un profond silence.) Mais je suppose que je devrais en féliciter votre généreuse petite amoureuse.

– Je ne vous permets pas ! Laurie bondit de sa chaise. Vous ne m'offensez pas seulement en envisageant que je pourrais déroger aux règles, vous insultez le talent d'un garçon que personne n'a jamais poussé à exploiter. Presque personne. Et mon seul mérite est de faire partie du presque. Je vous l'avoue humblement, je n'aurais jamais eu l'idée de développer l'allégorie des traces de chien ; je suis sans doute trop conventionnelle pour cela et vous devriez le savoir, vous qui lisez mes devoirs depuis sept mois.

Mme Saumure reste bouché bée quelques instants. Un lourd suspense maintient la classe entière dans un mutisme pour le moins inhabituel. Quant à moi, je voudrais être assez petit pour me pelotonner sous ma chaise.

– Eh bien, Laurie, dit Mme Saumure, ta véhémence témoigne assez de ton innocence et je vais donc tâcher d'ignorer ton insolence. Si Kévin est bien l'auteur de ce texte, je suppose qu'il ne verra aucune objection à le lire pour le plus grand bénéfice de ses camarades.

– Vous n'êtes pas juste ! proteste Laurie. Vous savez pertinemment que l'oral n'est pas le fort de Kévin. S'il bute sur un mot, saurez-vous admettre qu'un bon auteur ne se double pas nécessairement d'un bon orateur ? Je ne le crois pas. Je pense que vous mettrez plutôt en doute l'authenticité de son texte.

– Je veux bien essayer, dis-je. Ne t'inquiète pas, j'ajoute à l'intention de Laurie, moi, je sais que je l'ai écrit, c'est le principal.

Mme Saumure est livide et sa main tremble encore plus que la mienne quand je saisis la feuille ornée de ma note record suivie d'un point d'exclamation au stylo rouge. Je me tourne vers la classe, inspire profondément et, à moitié aveuglé par le trac, je commence ma lecture.

Je n'ai pas buté sur les mots, avant de le rendre à Mme Saumure, j'avais relu ce texte tant de fois que j'en connais par cœur certains passages. Une fois, je l'avais même lu à voix haute pour écouter sa musique et vérifier qu'elle ne comportait pas de couac. J'ai fait ça dans ma chambre, pendant que la famille poussait des beuglements devant un match diffusé à la télé, sûr que ni mes parents, ni mon frère ni ma grande sœur ne m'entendraient ni ne risqueraient de me surprendre. Il aurait fallu une panne d'électricité pour déloger l'un d'eux du divan. Par moments je humais les relents barbares de la cérémonie en provenance du salon, les cris éructés par les faciès menaçants, ainsi peinturlurés aux couleurs du Racing Club, et les kaï déchirants de Côlon après chaque vocifération. Puis je reprenais ma lecture avec plus de fougue, assuré de ne pas avoir caricaturé, de ne pas avoir trahi, mais d'avoir seulement décrit – cependant, je me dédommageais, je dois bien le reconnaître ; je me faisais justice.

Dans cette classe, les deux tiers d'entre nous sont issus de familles traces de chien. Je craignais les réactions, quand j'ai commencé ma lecture : qui se sentirait visé, moqué, dénigré, attaqué ? Qui serait perturbé ? Les premiers éclats de rire m'ont fait frémir, mais il m'est bientôt apparu qu'ils soulignaient chaque passage où, avec une tendresse narquoise, j'avais voulu tourner en dérision les travers de la vie traces de chien. J'ai pris de l'assurance, lu avec plus d'intonations, avec des accélérations et des temps de pause avant les éléments les plus surprenants, pour accentuer leur effet comique. J'ai fini ma prestation sous les applaudissements, et des applaudissements, ce n'est pas ce que l'on entend fréquemment en troisième D. J'ai osé un œil timide vers la table des Pimpette et même eux participaient à mon triomphe. Ils riaient encore et il m'a semblé qu'ils se répétaient des extraits de mon texte.

Enivré par les ovations, je restais planté devant le tableau, j'attendais les équipes de télé, le ministre qui m'accrocherait une médaille sur l'anorak, le visage de mon père dans le hublot de la porte, une larme de fierté dévalant sa joue piquante, et au dernier rang, Irène hochant la tête, la poitrine soulevée de sanglots refoulés tandis qu'elle mâcherait un Chamallow blanc.

– Eh bien, soupire Mme Saumure, je suppose que je te dois des excuses. Et, plus important, je te dois des félicitations. En t'écoutant, je me suis rappelé ce devoir dans lequel tu parlais de ton grand-père, au tout début de l'année. Comment avais-je pu l'oublier ? En tout cas, ces vacances venteuses semblent t'avoir fait le plus grand bien.

– Vive le vent d'hiver ! s'écrie Guillaume Pimpette.

Ce genre de blague aussi peut faire se gondoler la presque totalité de mes condisciples. Le degré zéro de l'humour. Ma ration de gloire est épuisée, j'emporte mon 18 au quatrième rang.

– Tu pourras me photocopier ton devoir ? me chuchote Damien. Ma mère va l'adorer. Et puis j'aimerais bien analyser comment tu t'y prends pour rendre drôles des trucs aussi glauques – sans offense.

À la fin du cours, Mme Saumure m'appelle à son bureau pour me renouveler ses excuses et félicitations, prie une nouvelle fois Laurie de bien vouloir lui pardonner son manque de discernement. Damien assiste à la scène sans jalousie, même s'il lui faudra sans doute, désormais, dire mes notes à sa mère en plus de celles de Laurie. La fréquentation de cette dernière, depuis la rentrée de février, lui a fait passer le goût de la rivalité. Quant à moi, je crois qu'il est assez satisfait de me découvrir digne de son intérêt. Il n'est pas si fréquent qu'un premier de la classe se choisisse pour ami un quelconque mollasson, un abonné aux *Peut mieux faire, Manque de travail, Inexistant* et (le fleuron de mon palmarès) *Ne ronfle pas*. Aujourd'hui, peut-être se sent-il récompensé pour sa perspicacité.

Nous quittons tous trois la salle de classe avec des sourires radieux. Le reste de la troisième D n'a pas fini d'évacuer le couloir et nombreux sont nos condisciples à nous renvoyer nos sourires. Jusqu'au moment où une voix, pas particulièrement forte mais au timbre rauque suffisamment craint pour imposer le silence dans tout le périmètre, lance avec nonchalance :

– Eh ! Pouchin Traces de chien !

Avant même de me retourner vers Loïc Huc, je sais qu'il vient de me coller un surnom indélébile. Loïc Huc. Lui, je n'ai pas pensé à regarder s'il m'applaudissait tout à l'heure, en riant de tout ce qu'il lui reste de dents jamais lavées. Quand je lui fais face, tout le monde s'écarte – un instant, je l'imagine sortir une arme à feu et venger l'honneur des siens, mettant un terme à ma carrière de bon élève pour me réduire au rang de fait divers. Mais il se contente de me fixer à distance d'un regard vide.

– Rigolote, ta petite théorie, bravo. Seulement, tu vois, y a un truc que je pige pas. Qu'est-ce que le Racing Club vient faire là-dedans ? J'ai pas tout retenu à ton truc mais il m'a semblé que, pour toi, supporter son équipe, c'était traces de chien. J'ai mal compris, hein ? T'as lu trop vite, t'as mâché des mots ? C'est bien ça ?

Je reste sans voix. Me taire vaut mieux que de risquer une imprudente bravade ou, pire, une lâcheté qui me coûterait instantanément ma crédibilité tout juste gagnée – j'aimerais la savourer encore un peu.

– Ça doit être ça, ouais, reprend-il. Pour me prouver ta bonne foi, je veux te voir porter un tee-shirt du Racing Club, toute la journée de demain. Ça vaut mieux pour toi, Pouchin Traces de chien. Sinon c'est simple, tu passes plus les grilles du collège.

Laurie, Damien et moi reprenons le chemin de la sortie sans un mot, nos sourires évanouis. Les témoins de la scène déploient toute la gamme des émotions sur notre passage, de la pitié au mépris, de la crainte à l'exultation. Alors que nous allons pousser la porte battante donnant sur le préau, nous parviennent les mots « Pouchin Traces de chien » scandés par les voix nasales des Pimpette.

Je connais ce mot, comment est-ce, déjà ? Oh, je sais ! C'est versatile. J'apprends plein de mots depuis qu'Irène m'a offert un dictionnaire de poche (envoyé par la poste à l'adresse de Laurie). Je le lis comme un roman, et je note mes mots préférés dans un carnet – ceux que je trouve beaux, et ceux qui peuvent toujours servir, comme versatile. Laurie serre mon bras pour me consoler de mon nouveau surnom.

Nous allons nous blottir dans un rassurant courant d'air au beau milieu de la cour, loin des coins où s'amassent les miettes et poussières de notre génération pour former des associations de malfaiteurs précoces. Nous tenons conseil. Laurie et Damien m'exhortent de céder au teigneux de la classe, pour ma santé et pour notre sérénité ; après tout, dans trois mois nous partirons loin d'ici, ensuite de quoi nous nous fondrons dans l'anonymat du lycée, lavés de toute humiliation. Je les écoute sans leur dévoiler mes propres pensées. Je pourrais très bien emprunter le tee-shirt de Jonathan et le porter pendant quelques heures – je ne nie pas mes origines traces de chien, je n'en ai pas honte, je veux simplement avoir le choix d'être un peu différent, d'aimer d'autres choses que le football et les motos sans pour autant risquer la mise au ban. Mais porter ce tee-shirt, ne serait-ce pas courber l'échine ? Accepter de sacrifier aux mêmes cultes que mes pairs et renoncer aux particularités qui font de moi Kévin Pouchin, un être distinct de Jonathan Pouchin ou de Loïc Huc ?

– Vivant et en pleine possession de tes moyens, tu seras plus utile à notre cause, déclare Laurie d'une voix vibrante.

J'acquiesce en silence.

– Laisser une brute telle que Loïc Huc égratigner ton orgueil serait la preuve de ta supériorité morale, estime Damien.

– L'orgueil, s'enflamme Laurie, c'est bon pour ces petits rustres de Pimpette et Huc, qui n'ont rien d'autre à faire valoir. La seule chose qu'ils auront accomplie dans leur vie sera de se faire craindre. Personne n'osera jamais les bousculer, la belle affaire ! Laisse-leur ce titre de gloire, et montre au monde entier, à commencer par toi-même, que tu as des valeurs plus élevées.

Je me laisse ensorceler par sa rhétorique, mais l'instant d'après je me remets à raisonner dans le sens inverse. Si personne ne tient tête aux brutes, quand cesseront-elles d'être des brutes et d'assujettir les autres à leur système de lois très personnel, fondé sur la bêtise ? Pas que je me croie assez fort pour changer l'ordre des choses, enrayer le règne des Pimpette et Huc. Je ne suis pas fort. Mais ne faut-il pas dans chaque lutte autant de résistants que de combattants ? Ne faut-il pas que des sujets faibles mais scrupuleux acceptent de tomber ?

La question est de savoir si je veux être un lâche indemne ou un héros abîmé. J'ai tout l'après-midi et toute la nuit pour y réfléchir.

23
CRAN ET CRAVATE

J'attends que Jonathan et Océane aient quitté l'appartement pour me ruer sur l'armoire. Je dois impérativement sortir d'ici avant que les parents ne se lèvent, ou qu'Éva n'aille les réveiller – en principe, Océane a dû prendre ma relève et préparer les céréales à la petite, comme je le lui ai demandé en échange d'une corvée de vaisselle. Mais on ne sait jamais. Mon cœur bat très vite tandis que je fouille dans l'espèce de panier à linge où les joggings et les jeans sont emmêlés comme un nid de pieuvres ivres. Je le trouve enfin : le costume que je portais au mariage de mon oncle.

C'était il y a un an à peine, et pourtant il est déjà un peu trop petit. Il vaudra mieux que j'évite de tendre les bras. Quant au pantalon trop court, il faudra m'en accommoder ; j'aurai froid aux chevilles, voilà tout. Par contre, impossible d'enfiler mes chaussures, même en recroquevillant les orteils. Je gémis, mais me ressaisis très vite, celles de Jonathan devraient faire l'affaire. Il a toujours eu de grands pieds proportionnellement au reste de son corps, une véritable équerre. Je n'avais pas défait le nœud de ma cravate après le mariage, et je me félicite aujourd'hui de ma négligence. Je n'ai plus qu'à le resserrer et à tapoter un peu par-ci par-là pour lui redonner un peu de fraîcheur.

La fraîcheur est la première chose que je remarque en traversant le parking des HLM. Ça, ça s'appelle un euphémisme, et son antonyme est l'hyperbole (pour m'en souvenir, je pense au Super Bowl, la coupe de football américain).

Je me présente directement au bureau des surveillants.

– Bonjour, je suis en troisième D et je suis en retard.

La surveillante me regarde des pieds à la tête. Elle ne me connaît pas encore, je suis un type discret.

– Pour quel motif? demande-t-elle.

– Je n'arrivais pas à faire mon nœud de cravate et ma survie en dépend. Désolée, madame.

Tout le sang massé dans mes tempes altère mon ouïe. Les coups frappés à la porte au bout de mon poing sonnent comme sous l'eau, et le vigoureux « Entrez ! » de M. Lestiboudois, comme dans un rêve. Mon apparence plonge la classe dans la prostration. Les dizaines d'yeux qui me font face palpent interminablement mon costume, ma chemise et ma cravate. Le professeur cligne des yeux.

– Excusez mon retard, monsieur, lui dis-je. C'était la seule solution pour éviter que l'un de mes condisciples, dont je tairai le nom, ne s'en prenne physiquement à moi devant le collège ce matin comme il avait menacé de le faire.

– Vraiment ? Je t'encourage pourtant à me révéler son nom, ce genre de comportement n'a pas sa place au collège.

– Je pense, monsieur, que ce garçon s'est senti insulté par un texte que j'ai lu hier en cours de français.

– J'ai entendu parler de ce texte, sourit M. Lestiboudois.

– Il décrit certaines réalités de mon quotidien sous un angle que je voulais humoristique, mais je ne suis pas sûr d'avoir atteint mon but. Si c'était le cas, le condisciple dont je persiste à taire le nom n'aurait pas réagi de cette manière, et il n'aurait pas souhaité obtenir de réparation morale. J'aimerais lui dire, à travers vous, que je suis désolé s'il s'est senti offensé. Je suis bien placé pour savoir comme il est révoltant d'entendre quelqu'un tourner en ridicule ce qui nous tient à cœur. Voyez-vous, j'ai été partial dans ma copie. J'ai fait subir à ma famille et aux familles qui lui ressemblent le genre de traitement que je me plains par ailleurs de subir de leur part. Chez moi, il n'y a qu'un livre à la fois, toujours caché sous mon matelas. Si mes parents me surprenaient à lire un roman, ils penseraient que je veux m'extraire de mon milieu, de leur milieu, ils me diraient : « Tu penses valoir mieux que nous ? » Ils n'ont pas choisi ce rejet des livres, et j'ai donc tort de leur en vouloir. Mais quand j'ai écrit ce devoir, je trouvais frustrant et contraignant de devoir cacher ma passion naissante pour la littérature et, par vengeance, j'ai voulu mettre à mal leurs propres passions, parmi lesquelles le football. C'était immature et je le regrette sincèrement. Le football est un sport populaire, qui rassemble des millions de gens ; je n'ai rien à y redire. Mais je n'aime pas ça, c'est tout.

Puis je me dirige vers ma table. On n'entend dans toute la classe que les frottements du tissu à chacun de mes pas. Quand je passe devant Laurie, elle me cligne tant d'amour que je crains de la voir tomber en pâmoison. Quant à Damien, il est livide, proche de la transparence ; manifestement, il a eu encore plus peur que moi. M. Lestiboudois reprend le cours après quelques secondes de flottement.

– Il pourrait dire quelque chose, Damien me souffle à l'oreille.

– Il sait que ça n'arrangerait pas mes affaires. Si un prof embrasse ma cause, je deviens un vendu.

La fin de l'heure me semble interminable. Je n'ose pas faire la seule chose qui m'intéresse présentement, me tourner vers Loïc Huc pour tenter de deviner à son regard le genre de traitement qu'il me réserve. La première seconde d'intercours me l'apprend. La terreur du collège m'attend quasiment au seuil de la porte.

– T'as du cran, Pouchin Traces de chien, marmonne Loïc Huc. Tu t'en tires bien pour cette fois. Allez, circule.

Laurie s'accroche à mon bras. Nous marchons tous trois d'un pas raide, Damien à ma gauche et elle à ma droite, le regard fixe, planté droit devant dans un brouillard de trouille en pleine dissolution. Damien gonfle les joues pour pousser un soupir à la hauteur de son soulagement. Je m'apprête à en faire autant quand un coup d'une violence inouïe porté dans le haut de mon dos me propulse trois mètres en avant, décrochant tout autour de moi des cris horrifiés. Je titube, parviens à garder l'équilibre, et quand je me retourne, Loïc Huc me sourit innocemment.

– Maintenant on est quittes, dit-il.

Laurie époussette ma veste pour effacer l'empreinte de pied entre mes omoplates.

24
MA VERSION DES FAITS

Désormais je trouve Irène assise à la fenêtre de son bocal tous les samedis après-midi. Dehors les premiers rayons printaniers gorgent les bourgeons de sève fraîche et les fauteuils roulants se pavanent au fil des allées qui serpentent dans les pelouses, et pendant ce temps Irène reste collée à la vitre de sa chambre comme une peluche à ventouse – sa chambre qui n'est même pas vraiment la sienne et qui pue l'hôpital. Elle pourrait bénéficier d'une vue pas trop moche sur un jardin arboré, si elle n'avait pas caché ses lunettes allez savoir où, mais elle ne veut rien accepter de sa fille. Il faut croire qu'elle somatise là où ça la blesse le plus. Elle ne pourrait plus déchiffrer une ligne de *Pomme d'api* alors qu'il y a moins d'un mois elle avalait encore de pleins pavés écrits serré comme des missels. À croire que la sénilité peut s'attraper comme une bête bronchite. Quelle tristesse, prendre vingt ans d'un coup, quand on en a déjà quatre-vingt-cinq…

– Je vous ai apporté des Chamallow, j'annonce, des verts et blancs, vos préférés.

– Tu es un amour, Kévin. Tu peux les mettre sur ma table de chevet ?

En posant le paquet, je m'aperçois qu'elle n'a même pas ouvert celui de la semaine dernière. Vraiment, c'est une dégoûtation de voir quelqu'un se négliger à ce point. Je prends des risques énormes en fouillant les poches parentales pour y racler quelques pièces, et tout ça pour quoi ? Pour qu'une vieille dame ne touche même pas à ses Chamallow ?

– Comment vont vos yeux, Irène ?

– Mes quoi ?

– Vos yeux.

– Oh, je n'ai pas ça en rayon, désolée.

– Vous devriez accepter les lunettes que votre fille vous a achetées.

– Ma quoi ?

– OK. Vous préférez que je commence la lecture ?

– Si ça ne te dérange pas. Excuse une vieille dame acariâtre, Kévin. Je ne me sens pas tellement d'humeur à discuter. Ni à grand-chose, d'ailleurs.

Tout juste à écouter *Harold et Maude* une dernière fois avant que mon cœur rejoigne mes yeux dans une autre dimension.

– Ne dites pas ça, Irène, vous n'êtes pas de ce genre. Vous êtes exactement la mamie qui fait son baptême de parachutisme pour le lancement de son disque intitulé *La centaine c'est l'Éden*.

– Je déteste te décevoir, mon cher, mais je ne suis plus de ce genre. On suit des initiations à l'amertume et à la résignation, ici, tous les matins entre l'atelier canevas et la bouillie-bavoir. Et je fais des progrès chaque jour ; bientôt j'arpenterai les couloirs de ce purgatoire blanc vinylique avec un déambulateur, à la recherche d'une oreille qui voudra bien entendre les misères que me font endurer ma geôlière de fille et mes vieux os.

Elle regarde vers la fenêtre, et quand elle tourne la tête on voit la peau de son cou se tendre comme une feuille de nem. On voit surtout qu'en fait elle regarde dans le vide comme une aveugle.

– Tu lis de mieux en mieux, Kévin, tu sais ? Et de plus en plus vite.

– C'est parce que je triche, je répète chez moi avant de venir. Enfin, pas à voix haute, mais je bouge les lèvres, ça marche déjà pas mal.

De tous les livres qu'Irène m'a conseillés, *Harold et Maude* est celui que j'aime le moins. Pendant tout le roman, on nous montre comment un dépressif de dix-neuf ans abonné aux mises en scène macabres trouve son Prozac miracle en une vieille dame cent fois plus siphonnée qu'Irène. Le jour où il se décide à la demander en mariage, page 145, paf elle se suicide, comme elle avait toujours prévu de le faire le jour de son quatre-vingtième anniversaire sauf que lui, il ne le savait pas. Charmant. Naturellement, c'est un peu de la science-fiction, ce type qui tombe amoureux d'une femme soixante ans plus vieille que lui, mais une fois accepté ce présupposé, on ne souhaite pas que la dulcinée fausse compagnie au jeune homme de si abrupte manière. Elle le fait pourtant dans les dernières pages, celles que je suis censé lire à Irène aujourd'hui. Mais je les ai préparées avec encore plus de soin que les précédentes.

– Je suis heureuse, dit Maude. Profondément heureuse. Je ne pouvais imaginer plus merveilleux adieu.

– Adieu ?

– Mais… oui. N'est-ce pas mon quatre-vingtième anniversaire ?

– Certes, mais vous n'avez pas parlé de départ.

– Mais oui, mon chéri. Je pars. J'ai avalé les comprimés il y a environ une heure. J'en aurai fini vers minuit.

À moi de jouer, maintenant. Je ne lirai pas une ligne de plus, je ne laisserai pas Maude réussir son suicide comme ce sadique de Colin Higgins. Irène retient son souffle pour écouter ce passage où tout va basculer, et bien plus encore qu'elle ne le croit. Accrochez-vous, voici ma version des faits :

– Certainement, s'écrie Harold. Si vous croyez que je vais vous laisser mourir en finissant ma coupe de champagne… Si vous aviez ouvert l'écrin que je viens de vous offrir, vous sauriez que je m'apprête à vous demander en mariage. Qu'allez-vous répondre à ça ? « Vous tombez mal mon petit Harold, j'avais prévu un autre type de cérémonie », et moi je serai supposé dire « Dommage, une autre fois peut-être », et fin de la belle histoire ? Non, je ne le permettrai pas !

Sur ces mots, Harold força Maude à ouvrir grand la bouche, lui enfonça les doigts jusqu'à la glotte, de sorte qu'un hoquet lui parcourut le dos. Harold vit tout passer, d'abord le champagne et les toasts et tous les biscuits apéro qu'ils avaient dû grignoter (Colin Higgins ne précise pas ce qu'ils mangent avec leur champagne, j'ai préféré rester vague) *puis enfin les cachets, qui pétillaient encore.*

– Eh bien, je pense que vous m'avez sauvé la vie,

Harold. Mais je ne vous en veux pas. Voyez-vous, votre demande en mariage commençait déjà à me faire regretter mon geste, même s'il était prémédité depuis des lustres.

Fin

Pour la première fois en un mois de réclusion, Irène laisse fuser son long rire aristocratique. Je n'étais pas sûr de mon coup, je craignais un sermon du style « En voilà une manière de traiter tes classiques », mais j'ai dépassé mon objectif en faisant rire Irène et ma poitrine enfle de fierté.

– Toi, tu ne seras jamais un lecteur ordinaire, bêtement révérencieux, m'encourage-t-elle, et je vois dans ton impertinence une fraîcheur très saine. Tu me fais grand plaisir.

– Vous pourriez me faire grand plaisir à votre tour, dis-je.

– Vraiment ? J'aurais ce pouvoir ?

– Rien de plus simple ! Allons prendre le soleil dans les jardins. Je vous lirai encore autre chose… ma dernière copie de français.

– Alors ? Combien, cette fois ?

– Seulement 16, je hausse les épaules.

– Écoutez-moi ce jeune ambitieux. Depuis quand un 16 ne suffit plus à monsieur ?

– C'est que le sujet me tenait particulièrement à cœur. La consigne était d'essayer de convaincre quelqu'un de faire quelque chose. Madame Saumure n'a pas dû me trouver très efficace et j'espère que vous serez plus convaincue qu'elle ne l'a été. Si c'est le cas, je lui demanderai d'augmenter ma note – après tout, c'est vous que j'essaie de convaincre dans cette copie…

– Moi ? Quel honneur, Kévin ! Et de quoi dois-tu me convaincre ?

– Rien de plus simple, là encore, de mettre vos lunettes. Couvrez-vous bien, le soleil est encore assez trompeur.

Irène prend ma main dans la sienne et la serre comme elle presserait la poire d'appel qui la relie à la salle des infirmières.

Une fois devant le banc que nous avons choisi, elle lâche mon bras, s'assied et pose sa canne contre le dossier. J'ouvre le paquet de Chamallow et l'installe entre nous tout en poursuivant mon histoire.

– Loïc Huc pensait qu'en apprenant à mon frère mon 18 en français il signait ma perte, et je le croyais aussi. N'importe qui l'aurait cru. Jonathan lui-même a presque hésité à me balancer au père. Lui qui n'épargne jamais personne quand il s'agit de s'offrir un peu de spectacle, il a bien failli avoir pitié de moi. Il s'apprêtait à révéler quelque chose d'énorme, les conséquences de sa dénonciation lui échapperaient certainement, et je n'ai pas senti dans sa voix son empressement habituel quand il a proclamé la grande nouvelle.

– Le suspense devient insoutenable, mon cher. Qu'a fait ton père ?

– D'abord il a demandé à voir l'objet du déshonneur. Et ensuite, il m'a regardé avec autant d'orgueil que si je venais de marquer un but face au gardien du Racing Club. Il a dit : « Ça alors, on a une tête dans la famille. C'est bien, fiston, montre à tous ces snobs que chez nous aussi y a pas que des incapables. Mets-leur la pâtée ! » Depuis, je n'ai même plus besoin de cacher les livres que je ramène de la bibliothèque, ni le dictionnaire que vous m'avez offert.

– Incroyable ! Un papa aussi surprenant que son fils... Et au collège, ta cote de popularité continue de monter ?

– On m'appelle L'Écrivain. Laurie n'arrête pas de dire que je suis le nouveau Zola, au point que les autres commencent à la croire. Par contre, jamais on ne me traite de binoclard, parce que j'ai bravé Loïc Huc et que je suis encore là pour en parler.

– On dirait qu'une nouvelle vie s'ouvre à toi… Je suis assez fière d'avoir contribué à l'éclosion de ce Kévin si prometteur.

– Je vais maintenant vous lire mon dernier devoir de français. Si à la fin de ma lecture, vous me dites : « Tiens, Kévin, tu ne pourrais pas aller chercher mes lunettes dans mon tiroir à chaussettes ? » là, c'est moi qui serai fier.

– Petit chenapan ! Tu as déjà mérité tes deux points de plus…

Elle pioche un Chamallow vert dans le paquet. Le soleil donne à son chignon une teinte argentée. Je commence ma lecture, déjà victorieux. À cet instant il me semble que rien ne peut me résister si je l'enveloppe de mots ; ces mots que j'ai pris goût à enfiler me donnent un réel pouvoir, ils trouvent un écho dans le monde qui m'entoure. Je peux gagner la considération de mon père, charmer la première de la classe, empêcher ma plus vieille amie de se gâcher la vie par amour-propre. Quant à moi, je peux être qui je choisis d'être.